CW01665339

Weg van mij

Ellen ten Bruggencate

Weg van mijn moeder

2009 Uitgeverij Aspekt

Weg van mijn moeder
© Ellen ten Bruggencate
2009 Uitgeverij ASPEKt
Amersfoortsestraat 27, 3769 AD Soesterberg, Nederland
info@uitgeverijaspekt.nl – www.uitgeverijaspekt.nl
Omslagontwerp: Aspekt Graphics
Omslagfoto: Wil Somsen †
Foto achterflap (Zwilbroekseweg, Eibergen – de dagelijkse route van Lies):
Ben Somsen
Portretfoto: André Nijenhuis
Binnenwerk: Paul Timmerman
Druk: Krips b.v., Meppel
ISBN-13: 978-90-5911-848-5
NUR: 300

Alle rechten voorbehouden. Niets van deze uitgave mag worden verveelvoudigd, opgeslagen in een geautomatiseerd gegevensbestand of openbaar gemaakt, in enige vorm of op enige wijze, hetzij elektronisch, mechanisch, door fotokopieën, opnamen of enig andere manier, zonder voorafgaande toestemming van de uitgever.

Voor zover het maken van kopieën uit deze uitgave is toegestaan op grond van artikel 16b Auteurswet 1912 jo het Besluit van 20 juni 1994, St.b. 351, zoals gewijzigd bij het Besluit van 23 augustus 1985, St.b. 471, en artikel 17 Auteurswet 1912, dient men de daarvoor wettelijk verschuldigde vergoedingen te voldoen aan de Stichting Reprorecht (Postbus 3060, 2130 KB Hoofddorp). Voor het overnemen van gedeelte(n) uit deze uitgave in bloemlezingen, readers en andere compilatiewerken (artikel 16 Auteurswet 1912) dient men zich tot de uitgever te wenden.

'Peter en Jacob Frima, Mia Bruijnen-de Vries, archief Trouw-Historisch Documentatiecentrum VU, Ben en Hannie Somsen, Sien Somsen, Mien Vooren-Bouwman†, Theodor Holman, Lonneke Kok, Leen de Ruiter, Cor van Rijn, Maria Heiden, André Nijenhuis en Amanda Kluveld: Mijn dank is groot.'

1

Proloog

Florida, 21 januari 2002.

Mijn broer Bart belt.

'Jullie moeten terugkomen. Het ziet er slecht uit. Ze gaat snel achteruit.'

'Gaat ze dood?' vraag ik.

'Ze stoppen de behandeling.'

Net als zeven jaar geleden, toen mijn vader stervende was, zijn wij binnen vierentwintig uur terug in Nederland. Op tijd om afscheid te nemen.

Ze sterft een dag later.

2

De crematie

Op het laatste moment had Els zich bij mijn broer gemeld met het verzoek te mogen spreken. Mama had mij nooit veel over het verzet verteld. Haar naam was wel gevallen, maar ik had Els nooit ontmoet.

Achter haar rollator liep ze voorzichtig naar de microfoon. Bart snelde haar tegemoet en bood haar een arm aan, maar die geste werd niet op prijs gesteld. Het wegwuifgebaar was kenmerkend voor haar eigenzinnige standvastigheid.

Haar doorzichtige, vale gelaatskleur en mistroostige blik kwamen kwetsbaar over. Ze had niets op papier gezet maar sprak vanuit haar hart.

In de overvolle aula van het crematorium werd het stil.

Els was zichtbaar geëmotioneerd.

Mijn moeder stond bekend als Lies van Trouw. Evenals Els Versloep deed ze koerierswerk. Beiden waren ze daarnaast op andere fronten in het verzet actief. Els voorzag joodse kinderen van onderduikadressen. Lies ontfermde zich, naast haar koerierswerk, over gestrande geallieerde piloten in het zuiden van het land. Ze hielp hen naar de 'goede' kant van de Maas te komen.

Het 'jullie moeder' klonk mij vreemd in de oren. Was dit mijn moeder over wie zij sprak! Het verwarde mij.

'Lies vond dat de krant na de bevrijding opgeheven had moeten worden. Daar is ze helaas altijd boos over gebleven, ze kon zich er niet bij neerleggen.'

Ik wist dat mijn moeder zich gedistantieerd had van het naoorlogse Trouw. Maar waarom? Els ging daar verder niet op in.

Dat hun meningsverschil daarover ertoe geleid had dat ze elkaar niet veel meer zagen, vond ze verdrietig. Ze nam een slokje water en depte haar mond met een zakdoek die ze gedurende de hele toespraak in haar hand had.

'We hebben zoveel met elkaar meegemaakt,' ging ze verder. Els had vlak voor het einde van de oorlog haar verloofde verloren.

Ze sprak over een ultimatum. Een ultimatum dat de levens van *de 23 van Trouw* had kunnen redden?

Er was een spoedberaad gehouden door de top van Trouw in Amsterdam.

Daarbij was ook Lies aanwezig. 'We buigen niet, we gaan door,' had ze kordaat gezegd.

Els had haar nog gevraagd of ze zich realiseerde dat ze een beslissing over levens nam.

Ik keek opzij naar mijn broer en twee zussen. Die keken stoïcijns voor zich uit.

Het was alsof zij het verhaal voor de zoveelste keer hoorden. Zij kenden het. Ik niet.

'Ja, ik wist het,' zei mijn oudste zus Connie later kortaf.

Er was geen gelegenheid om erover door te vragen, ze had andere dingen aan haar hoofd.

‘Ja dame, daar sta je dan met je goeie gedrag,’ hoorde ik mijn moeder zeggen.

Zo voelde het ook toen ik alle condoleances in ontvangst nam. Als jongste van de vier stond ik als laatste in de rij.

Het contact met mijn moeder was, na het overlijden van mijn vader, obligaat geworden. Ik kon haar niet meer velen, wilde haar niet meer zien – maar ik kon niet los van haar komen.

Mijn ogen stonden op oneindig. Ik wilde de venijnige blikken ontwijken.

‘Iedereen kijkt naar mij,’ fluisterde ik in Joeps oor. ‘Ze haten me.’

‘Je doet het geweldig, hou even vol.’

Ik zette mijn beste begrafenisgezicht op. Bekende en onbekende gezichten kwamen langs.

‘Ja, het is ook allemaal heel snel gegaan. Ja, gelukkig heeft het niet te lang geduurd. Ja, ze was nog zo actief, stond nog zo midden in het leven. Ja, we zullen haar missen.’

Het klonk alsof ik het uit mijn hoofd had geleerd.

Joep trok op een ondoordacht moment een pijnlijk gezicht en greep naar zijn been.

Hij dacht dat ik het niet zag en reageerde verbaasd toen ik hem vroeg: ‘Last van je been?’

‘Let nou maar niet op mij. Gaat wel over, zijn de pijnlijke gevolgen van de reis.’

Zijn glimlach stelde mij niet gerust.

Zo nu en dan trachtte ik tijdens het condoleren mijn oudste zus iets te vragen over de toespraak van Els, maar dat werd geïrriteerd door haar weggewuifd.

'Nu niet Puck, even niet zeuren alsjeblieft. We hebben genoeg aan onszelf.'

Het was alsof ik mijn moeder hoorde. Vol afgrijzen keek ik naar mijn zus.

Mama had op de crematie van mijn vader plotseling het woord genomen. Op haar moedige wijze had ze de bomvolle aula toegesproken.

Conny voelde zich nu, als oudste dochter, tegenover mijn moeder verplicht ook het woord te voeren. Mijn andere zusje Katrien stond achter haar als wisselspeler paraat.

Het optreden van mijn zussen kwam onverwacht. Mij was niets verteld, zoals wel vaker bleek die dag.

Connie gaf tekst en uitleg over de laatste dagen van mama's leven. Vlak voor haar dood was ze veranderd. Zij had haar zachte, lieve kant laten zien.

Ze had gezegd hoeveel ze van ons allen hield en dat ze zo blij was met de schoonkinderen en kleinkinderen.

Mijn gedachten flitsten terug naar het laatste bezoek aan mijn moeder in het ziekenhuis. Van die warmte of liefde, waar Connie over sprak, had ik niet veel meegekregen.

Direct vanaf Schiphol waren wij naar het ziekenhuis in Rotterdam gereden. Bij de ingang werden we opgewacht door mijn zussen. In de lift kregen we ingepeperd wat we wel en niet mochten zeggen.

De zussen zaten erbij als bewakers van de stervende vrouw. Dat maakte Joep en mij enorm onzeker. Zij, in de hoek van de kamer, keken vanachter de ochtendkrant hoe wij aan mama's bed stuntelig naar de juiste woorden zochten.

Zolang de twee zussen in de kamer waren, kon ik geen woord uitbrengen. Ze beletten mij afscheid te nemen van mijn moeder.

Nu stonden zij daar weer samen, naast haar zielloze lichaam.

'Waren jullie weer in Florida?' werd mij tijdens het handenschudden veel gevraagd door vrienden van mijn ouders.

'Heb je nog op tijd afscheid kunnen nemen?'

Hoorde ik iets van een verwijt in die vragen? Werd mij een schuldgevoel aangepraat? Moest ik mijzelf weer verdedigen?

Bart had het aan mij overgelaten of ik mama zou vertellen dat wij naar Florida gingen. Misschien zou zij protesteren. Een dag voor mijn vertrek had ik mijn moeder bezocht. Haar arts verzekerde mij dat wij gewoon weg konden gaan.

Ik vond toch dat ik open kaart moest spelen.

Ze nam het gelaten op en zei dat we wel terug zouden komen wanneer het nodig was.

'Toen met papa waren we toch ook snel terug,' verdedigde ik mijzelf.

'God ja,' dat is waar, dat was ik alweer vergeten. Toen moesten jullie ook uit Amerika terugkomen. Nee hoor, ik verwacht niet dat het zo'n vaart zal lopen. Laten ze eerst maar eens vaststellen wat er aan de hand is.'

Ze slikte hoorbaar een brok weg en wendde haar hoofd af.

Toen ging de telefoon en was ik er niet meer voor haar.

'Ogenblikje Willem, even afscheid van Puck nemen,' hoorde ik haar zeggen terwijl ze me seinde weg te gaan. 'Dag schat, de groeten aan Joep en Carel, hè.'

Ik drukte een vluchtige kus op haar koude, bezwete voorhoofd.

Bij de deur draaide ik me om.

Ze keek de andere kant op.

'Ja, gelukkig waren we op tijd terug en hebben we nog met haar gesproken. Ik heb vanuit Florida dagelijks met Bart gebeld om op de hoogte te blijven.' Stond ik mijzelf te verontschuldigen?

Net als bij de tandarts, even pijn lijden maar dan is het ook zo voorbij. Dankzij die attitude kon ik het volhouden.

Toen een vriendin mij in haar armen sloot liet ik mij gaan. Niet dat ik in huilen uitbarstte, maar ik voelde heel even de spanning van mij afvallen.

'God, wat ben ik blij dat jij er bent,' fluisterde ik in haar oor. Ik wilde haar niet meer loslaten.

'Trek het je niet aan,' zei ze terwijl ze doorliep naar Joep.

Onze zoon Carel snelde op mij af. 'Puck, gaat het?'

'Het gaat.'

Weliswaar waren er minder mensen dan bij papa's crematie, toch zou mijn moeder tevreden zijn geweest met deze aandacht.

Hoe anders had ik mij gevoeld toen mijn vader stierf. Toen verloor ik mijn maatje.

De dood kwam voor mijn vader als verlossing. Ik was ontroostbaar en radeloos.

Papa was – vooral tijdens mijn jeugd – zowel mijn vader als moeder geweest. Bij zijn overlijden verloor ik mijn ouders.
Nadat wij de laatste hand hadden gedrukt zocht ik mijn mannen op. Joep en Carel stonden er wat verloren bij. Eindelijk hadden we even tijd om wat tegen elkaar te zeggen.

'Nou, over dat verhaal van Els wil ik meer weten. Wat een onthulling, ik wist van niets. Is ze er trouwens nog?' vroeg ik, de aula rondkijkend.

Els was als eerste komen condoleren. Op dat moment was ik nog zo overdonderd door haar imposante optreden dat ik niets had kunnen vragen.

'Volgens mij is ze direct na het condoleren vertrokken. Ze liep ook heel moeilijk,' zei Carel.

'Wat doen wij?' vroeg ik.

'Zeg jij het maar,' zei Joep.

Ik moest lachen. Het was zijn standaardantwoord en klonk zo heerlijk vertrouwd.

Om een eventuele explosieve confrontatie uit de weg te gaan, had ik ons afgemeld voor de verplichte nazit met de rest van de familie. Er zou in het huis van mijn ouders nog geborreld en gegeten worden. Als excuus had ik de lange reis van en naar Leeuwarden gebruikt.

'Ik voel mij raar, verward, maar wel sterk. Ik geloof dat we maar mee moeten gaan. Oké?'

'Wat jij wil,' was weer zo typisch Joep. 'Maar we gaan op tijd naar huis, ik moet tenslotte morgen weer naar kantoor.'

'Moet je Con dan niet even zeggen dat wij wel mee naar Westmaas gaan,' dramde hij door.

'Misschien hebben ze wel niet op ons gerekend.'

'Ik ga de koffiejuffrouw om een biertje vragen,' hoorde ik Carel zeggen terwijl ik op zoek ging naar mijn oudste zus.

Connie was druk in gesprek, maar ik trok toch als klein etterig zusje aan haar mouw. 'We gaan mee naar Westmaas.'

'Ja, uh is goed… gezellig,' klonk het aarzelend.

Haar man Maarten, die naast haar stond, reageerde veel enthousiaster: 'Fijn, Puck.'

Meer had ik niet nodig, zijn woorden klonken oprecht.

'Wie gaan er nog meer mee?' vroeg ik nieuwsgierig.

'Nou…,' begon Con maar Maarten viel haar direct in de rede. 'Iedereen die zin heeft.' Zijn waterige ogen glommen. Hij had het moeilijk.

'Precies zoals het altijd bij pa en ma was, iedereen is welkom,' zei hij met zijn armen uitnodigend in de lucht.

'Nou nee hoor,' pruilde Con. 'Zoveel eten is er niet. Nel heeft prut gemaakt, maar ik weet niet of het wel genoeg is. Ik neem aan dat de tantes en neven en nichten sowieso komen.'

'Als er maar genoeg te drinken is, want daar ben ik nu erg aan toe. Wij kunnen onderweg nog wel een frietje halen hoor,' lachte ik er achteraan.

'Prut' is een heerlijk gerecht, ooit in de jaren zestig voor het eerst gemaakt door mijn vader.

Die had zijn fantasie de vrije loop gelaten en van alles in een pan gegooid. Omdat het een heerlijk éénpansgerecht was, werd het een succesnummer op feesten en partijen. Onze 'prut' was altijd anders, iedereen had er wel weer een eigen variant op verzonnen.

Ik zag Nel en Co wat eenzaam in een hoekje staan. Ze bekeken de menigte op veilige afstand en leken nog onder de indruk van de plechtigheid.

Nel was bij ons komen werken nadat wij in zeven jaar wel tien verschillende hulpen hadden gehad. Telkens ging het mis.

Pas in 1966 werd het probleem 'hulp' voorgoed opgelost. Nel deed op twintigjarige leeftijd haar intrede. Zij was, na een ongelukkige jeugd, op zeer jonge leeftijd getrouwd met Co.

Met haar komst veranderde er thuis veel, er kwam rust in de gelederen. Mijn moeder vertrouwde haar volkomen, ze werd de spil van de familie. Waren wij iets kwijt, dan belden we Nel, ongeacht het tijdstip.

'Nel, waar zijn mijn zwarte panty's?'

'Nel, waar zijn mijn pareloorbellen?'

'Nel, is er nog maandverband?'

'We schakelen Nel & Co in,' was een gevleugelde uitspraak van mijn vader wanneer er weer iets te vieren was.

Nel hoorde bij de familie. Connie had haar zojuist nog in haar toespraak geroemd.

Ik liep op ze af en wij omhelsden elkaar nogmaals.

Co rolde met trillende vingers zijn zoveelste shagje. Nel snotterde: ''t Is zo raar Puckie. Nooit meer naar je moeder. Wat zal ik mevrouw missen.'

Ik legde mijn arm om haar schouder en voelde haar warme klamme huid.

'Jullie gaan straks toch wel mee naar Westmaas,' vroeg ik.

Ze keek Co vragend aan en zei: 'Ik geloof niet dat dat de bedoeling was.'

'Hè?' Ik was stupéfait.

'Doe niet zo idioot Nel, natuurlijk ga je mee.'

We liepen naar de uitgang.

Blijkbaar had Connie iets opgevangen. Haar gezicht stond op onweer toen zij met driftige pas op mij af kwam. Ik voelde dat dit fout zou aflopen.

'Nel gaat toch zeker ook mee?' was ik haar voor.

'Wat hoor ik nou,' riep een verontwaardigde stem achter mij.

Tante Greet, mama's oudste zus, pakte Nel bij de arm. 'Natuurlijk gaat Nel mee. Dat zou Lies ook gewild hebben.'

Connie's ogen boorden mij de grond in. Ik had haar vernederd. Ze was woedend.

Op een badinerende toon zei ze: 'Is goed Nel, ga maar gezellig mee.'

Tante Claartje, mama's schoonzusje, reed met ons mee. Ze kroop stilletjes op de achterbank naast Carel.

Langzaam reden wij het parkeerterrein af. In de zijspiegel zag ik Connie ruzie maken met Maarten.

Tante Claartje, wist u van dat ultimatum?' was het eerste wat ik vroeg.

'Bedoel je het verhaal van Els Versloep? Nee, dat had ik ook nog nooit gehoord en ik geloof eigenlijk niemand.' Tante Claartje bleef onder alle omstandigheden kalm.

'Je moeder heeft het daar nooit over gehad, maar misschien wist oom Hans het wel, hoor.

Maar wat je moeder hem in vertrouwen vertelde, vertelde hij mij nooit. Haar geheimen waren bij hem veilig. Ze heeft hem vaak om raad gevraagd.'

Oom Hans, mama's jongste broer, was haar vertrouwenspersoon geweest.

Hij was een maand voor mijn vader gestorven. Op zijn sterfbed hadden ze nog een gesprek gehad. De deur naar de gang stond open, waardoor tante Claartje per ongeluk iets opving.

'Hans, dank voor alles wat je hebt gedaan.'

Ik kreeg weer rillingen over mijn rug, zoals tijdens de toespraak van Els. Al die geheimzinnigheid.

Wat had ze oom Hans toevertrouwd? Wat had hij voor haar gedaan? De vragen stapelden zich op.

'Ik ga in het oorlogsverleden van mama duiken. Ik ben zo overrompeld door dat ultimatumverhaal van Els. Er is vast nog veel meer dat ik niet weet. Dat zit me nou verdomme zo hoog. Ik ben nota bene boos op een dag dat ik verdrietig zou moeten zijn.'

Het was stil in de auto.

Inmiddels viel de schemer in en was de skyline van Rotterdam feeëriek verlicht. We reden over de Van Brienenoordbrug. Ik leunde met mijn warme voorhoofd tegen het koude zijraam en probeerde helder te denken.

'Maar die Tjeerd Dolman zat toch ook bij Trouw? Tante Leny was wel op de crematie, hij niet.'

Tante Leny was de schoonzus van tante Greet en getrouwd met Tjeerd.

'Je moeder had de pest aan Tjeerd, ze vertrouwde hem niet. Leny kon ze wel verdragen, die arme lieverd heeft behoorlijk geleden. Hij was een vreselijke man.'

'Waarom vertrouwde mama hem niet?'

'Dat weet ik ook niet precies, maar je moeder wilde na de oorlog niets meer van hem weten. Ze had ook nooit zin in de verjaardagen bij tante Greet omdat ze hem dan weer kon tegenkomen.'

'Wist oom Hans dat wel?'

'Ja, vast en zeker. Je moeder en Hans wisten alles van elkaar. Ze lieten dat openlijk niet blijken, maar hun relatie ging heel diep.'

Nu tante Claar mij dit vertelde herinnerde ik mij de voorbereiding van papa's crematie.

We zaten aan de eettafel enveloppen voor de rouwannonces te schrijven. Met mijn moeder liepen we de hele kaartenbak door.

Toen we bij Dolman kwamen sprong mijn moeder op. 'Alleen aan mevrouw L. Dolman richten,' siste ze. 'Tjeerd mag absoluut niet komen.'

De zussen knikten instemmend. Ik dacht toen dat het te maken had met hun tijdelijke scheiding. Hij had tante Leny een aantal jaren laten zitten voor een jonge blom, maar was toch weer teruggekeerd. 'Het is een schoft, ik had het kunnen weten,' had mijn moeder gezegd.

Vreemd genoeg noemde ik hem ook geen oom. Zijn voornaam klonk bedreigend uit de mond van mijn moeder.

'Het onderwerp Tjeerd was binnen de familie taboe. Je moeder moest het laten rusten. Dat vonden opa en oma en tante Greet. Het was te pijnlijk.'

Tante Claar sprak in raadselen. Ik durfde niet door te vragen.

De rit naar Westmaas ging snel. Waarschijnlijk omdat ik onophoudelijk doordraafde.

Uitgeput arriveerden we bij ons ouderlijk huis, waar geen ouders meer woonden.

3

Thuis

Rotterdam 2005.

Ik sta in het decor van mijn eigen jeugd, de Oranjelaan.

Er spelen geen kinderen, daar is geen ruimte meer voor. De auto's staan bumper aan bumper. Hockeyen en de bal hard tegen de stoeprand slaan is onmogelijk. Touwtje springen midden op straat is uit den boze. Knikkeren kan helemaal niet meer. Waar kun je nog putjes maken?

Er hangen geen touwtjes meer uit de brievenbussen. Aan de gevels hangen zwaailichten. Iedereen heeft nu een alarminstallatie.

Ik sta voor het huis. Het is nog steeds 'mijn' huis. Ik ben er geboren en heb er tot mijn achttiende gewoond.

Het hek dat mijn vader zo'n veertig jaar geleden maakte staat zwaar verroest op het punt van instorten. Wat zou ik graag het huis nog eens binnen gaan.

Mensen uit de buurt hebben mij verteld dat alles nog in de staat is zoals wij het in 1973 achterlieten. Wanneer ik boodschappen heb gedaan maak ik een omweg om langs mijn huis te fietsen.

Ik wil het terug, mijn huis. Ik wil terug.

‘Carel, nee niet doen. Doe niet zo raar,’ riep mama terwijl ze onder mijn vaders omhelzing probeerde uit te komen. Ze liep rood aan en beet op haar onderlip.

Wanneer wij giechelend het knuffelgevecht aanschouwden werd ze snauwerig. ‘Carel, laat me los, hier houd ik niet van.’ Mijn vader liet haar glimlachend los om vervolgens uit onverwachte hoek nog een zoen op haar andere wang te drukken.

Bart, Connie en Katrien zijn in Amersfoort geboren.

Rotterdam likte letterlijk haar wonden en het duurde enige tijd eer het puin was geruimd en men aan de opbouw van de stad kon beginnen.

Het Groothandelsgebouw was het eerste nieuwe kantorencomplex dat onder andere mijn opa’s groothandel in ijzerwaren huisvestte.

Zowel mijn grootouders van moeders kant als mijn ouders met drie kinderen keerden terug naar het gehavende Rotterdam.

Mijn vader was doodziek tijdens mijn geboorte en kon niet bij de bevalling zijn.

Connie en Katrien werden noodgedwongen ondergebracht bij een onbekende oudtante en -oom in Friesland. Katrientje liep tijdens die logeerpartij een chronische heimwee op.

Bart was diep teleurgesteld. Hij had op een broertje gehoopt.

Sterker nog, de hele familie had een jongen verwacht. Alle familienamen waren al vergeven, waardoor ik het alleen met ‘Puck’ moest doen.

Om mijn familie een beetje tegemoet te komen heb ik nooit met poppen gespeeld. Dankzij mijn grote collectie Dinkytoys had ik meer vriendjes dan vriendinnetjes.

Toen mijn moeder, na mijn geboorte in 1955, overwoog haar studie af te maken, rees de vraag: 'Wie zorgt er voor de kinderen en hoe moet het met het huishouden?'

Het antwoord kwam uit Eibergen.

Mijn moeder riep de hulp in van een familie die in de oorlog van onschatbare waarde voor haar was geweest.

Joop Wentink had in de oorlog lange tijd moeten onderduiken. Hij had voor joodse onderduikadressen gezorgd en werd daarvoor gezocht.

Zijn vrouw Janna Wentink-van Heel had voor hun zeven kinderen moeten zorgen. Daarnaast wist ze hun bedrijfje in elektrische artikelen draaiende te houden.

Gedurende haar Trouw-tijd in de Achterhoek zat Lies onder andere ondergedoken bij de ouders van Janna in Eibergen. Niet alleen verschaften zij haar onderdak, ook werden er vanuit hun boerderij kranten verspreid.

Johan van Heel (de jongere broer van Janna) werd door mijn moeder altijd liefkozend 'mijn maatje' genoemd. 'Johan heeft mij beschermd. Hij ging voor mij door het vuur.'

Meer liet ze niet los.

Nu, tien jaar na de bevrijding was, het weer een Wentink die te hulp schoot.

Mientje, de oudste dochter van de Wentinks, was de reddende engel. Ze was allesbehalve een vreemde en kon met mijn moeder goed overweg.

Mama gaf altijd ruiterlijk toe dat Mientje onmisbaar was.

Zij bracht dat gevoel in huis dat Gerard Cox later in het lied *1948* bezong. De pot thee op het lichtje van Verkade, wentelteefjes en broodschoteltje, met natte haren voor de hoogtezon, bidden voor het eten, gezellige liedjes zingen en veel voorlezen.

Voor het slapen gaan knielde ik voor mijn bed op de grond en vouwde mijn knuistjes in elkaar. Samen met Mientje zong ik:

'Ik ga slapen, ik ben moe, doe mijn beide oogjes toe.'
'Here houd ook deze nacht, over mij getrouw de wacht.'

Het was de inbreng van de gereformeerde Mientje.

Weliswaar was ik hervormd gedoopt, naar de kerk gingen wij zelden of nooit.

Ook in de vakanties, wanneer mama doorstudeerde, ging Mientje met ons naar het duinhuisje in Egmond aan Zee. We genoten van de vrijheid, de poepdoos naast het huisje, het plukken van bramen, het strand, de ijsjes van Ab Vuil en de bezoekjes aan opa en oma.

Toen Mientje in 1955 het roer van mijn moeder overnam pikte de achtjarige Bart dat niet. Ze had haar handen vol aan hem wanneer hij weer eens een opstandige bui had.

Mijn moeder kon rustig studeren. Ze keek nergens naar om.

Zo was Mientje in een vrij weekend naar Eibergen gereisd. De hele familie Wentink – negen in totaal – zou thuis zijn.

Haar zus probeerde haar over te halen pas op maandag weer terug te gaan naar Rotterdam. Mientje wilde dat wel maar voorzag dat de puinhoop niet te overzien zou zijn. 'Lies laat sowieso de afwas staan.'

Haar zus kon praten als Brugman, Mientje keerde op zondagavond terug naar Rotterdam.

Bij thuiskomst trof ze inderdaad een keuken met een vaat van twee dagen. Mijn moeder had nog net de moeite genomen de borden te stapelen.

In 1959 studeerde mama af.

Vlak voordat ik naar de kleuterschool ging kondigde Mientje haar vertrek aan. Dat moment was onomkeerbaar. Ik begreep het niet en was ontroostbaar.

Wanneer we elkaar jaren later zagen, hadden we weinig woorden nodig. Mientje is altijd mijn moeder gebleven.

De eerste twee dagen van de kleuterschool begonnen met een strijd tussen mijn moeder en mij. Ik klampte mij als een bloedzuiger aan haar vast.

Mijn armen en benen krulde ik om haar been. Ik beet me vast in haar rok alsof ik terug in de moederschoot wilde kruipen. Door het onbedaarlijk huilen kon ik nauwelijks slikken waardoor er een grote kwijlplek op haar rok achterbleef.

Mijn moeder probeerde het eerst diplomatiek en vriendelijk op te lossen. Met lieve woordjes en beloftes dacht ze mij te kunnen kalmeren. 'Je mag zaterdag naar opa en oma' of 'ik bak vanavond wentelteefjes.'

Ik wilde geen beloftes, ik wilde haar.

Vervolgens gooide ze het over een ander boeg. 'Puck, laat me nou alsjeblieft gaan, stel je nou niet zo aan. Ik moet naar mijn werk.'

Op het laatst werd ze ongeduldig en boos. Ik maakte een scène, zei ze. Het was gênant voor haar.

Juffrouw Pais snelde te hulp.

Twee vrouwen probeerden mij van mijn moeder los te maken.

Ze gaf mij niet eens een kus. Ze keek niet eens meer om, maar liet juffrouw Pais verder met mij vechten.

Mientje had mij verlaten en nu werd ik, op vierjarige leeftijd, door mijn moeder gedumpt op de Montessori kleuterschool.

Ze liep met een rood hoofd de klas uit.

Juffrouw Pais probeerde me op haar schoot te trekken.

Ik schreeuwde hysterisch, spuugde, krabde en schopte met mijn hakken tegen haar knieën.

De kleuterjuf duwde mijn hoofd tegen zich aan en fluisterde kalmerende, lieve woordjes in mijn oor. Ik rook haar frisse parfum en voelde haar zachte lippen in mijn haar.

Uiteindelijk gaf ik de strijd op. Juffrouw Pais hield mij op schoot totdat iedereen in de kring zat en de bel was gegaan. Ik mocht net zolang bij haar blijven zitten als ik wilde. Dat maakte haar zo bijzonder.

Des te schokkender was het toen ik na die twee fijne kleuterjaren op het Montessori ineens naar De Kralingsche School moest. Ik begreep niet waarom.

'De Kralingsche Kak,' zoals hij te boek stond bij andere scholen, was een particuliere school op nog geen vijf minuten lopen van ons huis. De – niet katholieke – rijkeluiskinderen zaten erop.

Toen echter bekend werd dat mijn moeder werkte, moest ik het ontgelden. Ik werd het zwarte schaap van de klas.

Na schooltijd werd ik in het nauw gedreven, dan durfden ze mij te pakken. De meiden schopten en sloegen waar ze maar konden.

Ook hun moeders lieten hardvochtig hun afkeuring blijken. 'Nee meisje, Marjolein kan niet bij je spelen. Of is je moeder wel thuis?'

Ik mompelde: 'Nee, ze is aan het werk.' Ik durfde die kakmadam met haar paardensjaal van Hermès en jagersjas niet aan te kijken. Ze wist mijn naam niet eens.

'Je mag wel bij ons komen spelen,' kwam er dan, niet echt enthousiast, achteraan. Ik voelde mij tot op het bot vernederd.

'Nee dat kan niet, want ik moet vandaag de hond uitlaten.' Onze Spex was mijn uitvlucht.

Ik wilde zo snel mogelijk naar huis waar niemand, behalve Spex, op mij wachtte.

Op weg naar het Kralingse Bos liep ik over het pleintje, de ontmoetingsplaats van de kinderen uit de buurt. Daar werd gespeeld, gepraat, gepest, gevochten en geflirt.

'Kom je zo, Puck?!'

Nadat ik Spex thuis had afgeleverd, rende ik terug naar het pleintje. In één klap was ik mijn verdriet van het schoolplein vergeten.

Of ik kwam huilend thuis waar ik alleen Katrientje aantrof. Zij probeerde mij te troosten.

Mijn moeder durfde ik er niet mee lastig te vallen. Die reageerde standaard geïrriteerd. 'Stel je niet aan, wees jezelf, houd je rug recht, trek je niets aan van die domme meiden. Ze zijn allemaal jaloers, inclusief hun verwende moeders.'

Eén keer heeft ze daadwerkelijk actie ondernomen.

Katrien en ik hadden met Sinterklaas zelfgebreide ijsmutsen gekregen van oma Rotterdam. Ze leken meer op wollen puntzakken met een pompoentje eraan. Ik wilde er niet mee gezien worden, maar mijn moeder was onverbiddelijk.

De broertjes Vonk, die bekend stonden als pestkoppen, hadden ze op de ijsbaan van ons hoofd getrokken.

Mama reageerde woedend: 'Dit is niet leuk meer.' Ze belde pa Vonk. 'Uw kinderen dienen van andermans spullen af te blijven.'

Ach, het was een kwajongensstreek geweest, vergoelijkte Vonk. De mutsen zouden teruggebracht worden.

Dat vond ik nou weer jammer.

Mijn klasgenoten werden opgehaald, hun moeders stonden gezellig met elkaar voor het schoolhek te praten. Ik liep alleen naar huis waar het touwtje uit de brievenbus hing.

Eén keer, op mijn verjaardag, stond opa Rotterdam mij op te wachten. Ik was zo blij dat ik hard om mij heen riep: 'Dat is mijn opa.'

Niemand reageerde.

Soms stond mama's auto voor de deur wanneer ik thuis kwam. Dat kon meerdere redenen hebben. Of ze ging met mij winkelen, of ze lag met migraine in bed.

Woensdagmiddag was voor mijn moeder een probleem. Wanneer ik niet bij een vriendinnetje kon spelen hing ik alleen thuis rond.

Soms nam ze me mee naar haar praktijk. De zuster liet mij altijd leuke klusjes doen zoals ampullen in een kastje zetten of statussen op kleur sorteren. Wij kletsten honderduit.

Mama was dan ook heel gezellig. 'Dat is onze arts in opleiding,' zei ze glimlachend. 'Ze heeft het in zich.'

Op een woensdag mocht ik niet mee. Mama had kinderen opgeroepen.

In plaats van een leuk alternatief voor mij te verzinnen, kreeg ik allerlei huishoudelijke karweitjes opgedragen.

Ik protesteerde. 'Dan ga ik wel bij mevrouw De Kan televisie kijken.'

'Nee, je gaat niet weer naar mevrouw De Kan.' Ze liet de vuile tafel aan mij over en liep driftig de kamer uit. Ik hoorde haar mompelen: 'God, kan hier nou nooit eens iets gaan zoals ik dat wil.' De deur viel hard achter haar dicht.

Ik zat aangeslagen voor mij uit te kijken.

Toen ik de gang opliep stond ze voor de spiegel haar lippen te stiften. Ik snelde de trap op zonder iets te zeggen. Ze zweeg, terwijl ze mij in de spiegel naar boven zag rennen.

Op mijn slaapkamer kon ik mijn tranen niet meer tegenhouden. Ik hoorde de voordeur dichtvallen en liep naar het raam. Met mijn vuisten bonkte ik tegen de ramen

Ik gilde dat ik haar haatte, dat ze een stomme rotmama was. Met mijn gezicht tegen de ruit aangedrukt smeekte ik haar mij niet alleen te laten.

Ze stond op het punt om in haar auto te stappen. Met haar armen gebaarde ze driftig dat ik bij het raam weg moest gaan. Haar ogen werden zwart, ze beet op haar onderlip en liep rood aan.

Ze smeet de deur van haar auto dicht en rende terug naar binnen. Ik hoorde haar de trap op stormen. Binnen enkele seconden stond ze in mijn kamer.

Gehurkt tegen de muur met mijn handen kruislings voor mijn hoofd was ik klaar voor de klappen.

Maar ze sloeg niet. 'Kijk me aan,' schreeuwde ze terwijl ze mijn armen hardhandig wegduwde. 'Je gedraagt je als een verwend kreng. Wat maak jij het mij toch moeilijk, tante. Je maakt een scène waarmee je me voor de hele straat voor gek zet. Wacht maar tot je vader vanavond thuis komt. Je blijft verder de hele middag op je kamer,' brieste ze in mijn gezicht. 'Is dat goed begrepen?'

Ik kneep mijn ogen en mond dicht uit bescherming tegen haar spuug.

'Is dat begrepen, dame?' herhaalde ze terwijl ze nog harder in mijn armen kneep.

'Ja mama,' fluisterde ik, waarna ik weer in een hartverscheurend snikken uitbarstte.

Toen liet ze me los. Zonder verder iets te zeggen liep ze mijn kamer uit. Ik hoorde haar de trap aflopen.

Wat bleef was een walm van haar vers opgespoten l'Air du Temps.

Ik probeerde mijn snikken even in te houden om de geluiden te kunnen volgen. Doodmoe van het huilen plofte ik op mijn bed en viel in slaap.

Toen Katrien thuis kwam en een onafgeruimde lunchtafel aantrof, begon het zusterlijke afblaffen.

Die avond bleef de gevreesde confrontatie met mijn vader uit. Wel vroeg hij of ik niet lekker was. Ik had zulke glazige ogen en ik was zo stil. 'Je wordt toch niet ziek, Puckje?'

Zowel mijn moeder als ik zwegen over het voorval. We hielden het erop dat ik gewoon moe was.

4

Naweeën

De tweeling van Connie en Maarten was – tot overmaat van ramp – ook nog jarig.

Connie vond het nodig om een feestelijke verjaardagstaart aan te snijden. Het tekort aan eten werd overigens met dit zoete voorgerecht aardig gecompenseerd.

Maarten liep met zijn onafscheidelijke biertje te ijsberen door de kamer. Ogenschijnlijk geneerde hij zich.

'Con, kan dat nou wel. Vind je dit wel gepast?'

Wij hielden onze mond. Ik moest eigenlijk wel lachen om deze bespottelijke vertoning. Na de opvoering van die middag kon dit er ook nog wel bij.

De tweeëntwintigjarige tweeling viel hun vader bij, doch tevergeefs. Connie kroop achter de piano en zette een luid 'Lang zullen ze leven' in. Ze leek waarachtig op Mrs. Bucket.

De rest viel aarzelend in.

Tante Claartje strompelde de kamer uit. 'Even achter het haakje,' fluisterde ze in mijn oor.

Tante Greet, vergezeld door haar kinderen, stond stomverbaasd in de deuropening.

Nel en Co liepen zoals altijd te redderen. 'Wel makkelijk hè, dat Nel er is?' liet ik mij terloops ontvallen. Bart moest er wel om lachen. Connie gaf me 'the evil eye'.

Na het eten maakten wij ons uit de voeten.

'Ik bel je nog,' zei Bart toen we afscheid namen. 'Ik heb al contact gehad met de notaris. Er zijn wat schilderijen die getaxeerd moeten worden en dan gaan we de boel verdelen.'

'Is goed, ik hoor het wel, succes ermee. Ik benijd je niet. Sterkte.'

Carel zetten we in Amsterdam af.

We waren bekaf toen we rond middernacht thuiskwamen. Terwijl ik onze hond bij de overburen ophaalde, nestelde Joep zich met de avondkrant en een glas whisky op de bank.

Toen ik met Scooby binnenkwam lag Joep in dromenland.

Ik verzamelde gedachteloos de was. In de bijkeuken rookte ik een sigaret terwijl ik doelloos naar de draaiende machine stond te staren.

De telefoon ging.

Het was tante Claartje. 'Lieve kind, zijn jullie goed thuisgekomen? 't Is me nogal geen reis. Ik maakte mij toch een beetje zorgen om je na ons gesprek in de auto. En in Westmaas kreeg ik eigenlijk niet de kans om verder met je te praten. Trouwens, dat had ik ook liever onder vier ogen gedaan.'

De tranen sprongen weer in mijn ogen.

'Wat ontzettend lief dat u aan mij denkt. Ja, we hebben de reis overleefd maar zakken nu wel langzaam door onze hoeven, hoor. U heeft mij zeker aan het denken gezet al kan ik dat nu niet meer zo goed. Alles is troebel in mijn kop.' Ik slikte een brok weg met de wijn die Joep net voor mij had neergezet.

'Nou meis, ik hoop dat je straks dan toch een beetje kunt slapen.'

'Welterusten tante Claartje en bedankt voor het bellen.'

'Welterusten meisje en de groeten aan je mannen.'

Dat zei ze altijd: je mannen. Was dat een gemakkelijke uitvlucht, omdat ze zo snel niet op de namen kon komen?

'Ik ga naar bed. Zal ik een Brufennetje nemen?' vroeg Joep terwijl hij moeizaam uit de bank kwam.

'Nog steeds last van je been?'

'Hm, ja en dat wordt niet beter na zo'n dag.'

Ik liep met hem mee naar de slaapkamer en pakte twee roze pillen uit het medicijnkastje. Hij zei niets en ik vroeg niets.

Toen ik een paar uur later in de badkamer voor de spiegel stond, schrok ik. Hoe vaak had ik vandaag gehoord: 'Puck, de jongste? Goh, wat lijk jij op je moeder.'

Hoe juist was die conclusie.

Mijn gedachten dwaalden af naar 1986 toen papa en mama hun veertigjarig huwelijk in Eibergen vierden. Eibergen, 'of all places'.

Een jubileum is toch bij uitstek de gelegenheid om herinneringen op te halen? Iedereen was echter dringend verzocht het niet over de oorlog te hebben.

Toen we aan tafel gingen kwam Johan van Heel tegenover mij zitten. Zijn mond viel open. Hij strekte zijn armen naar mij uit en bleef mij maar aanstaren. 'Lies… mijn God, wat lijkt u op Lies.'

Ik wist even niet wat ik moest zeggen. Voor mijn gevoel stonden wij minutenlang hand in hand met de tafel tussen ons in.

'Vind je dat ze zo op me lijkt?' vroeg mijn moeder. 'Johan, dat is toch Puck, onze jongste. Nou dame, dat is een compliment voor je.'

De jonge Puck leek blijkbaar op de jonge Lies. De verwarring bij Johan was begrijpelijk.

Ruim vijftien jaar later leek ik nog meer op mijn moeder.

Zachtjes kroop ik diep onder mijn dekbed. Mijn voeten waren ijskoud, mijn gezicht gloeide.

Joep lag op zijn zij met zijn rug naar mij toe. Aan zijn zware ademhaling kon ik horen dat hij vast sliep. Zo moe als ik was, ik kon de slaap niet vatten. Het schoot door mijn hoofd: 'Zou ze al verbrand zijn? Is ze echt weg, of kan ze mij nu zien huilen?'

Geen ouders meer, een onwerkelijke werkelijkheid.

Ik draaide en woelde om de hersenspinsels uit mijn hoofd te schudden.

Joep draaide zich om en legde zijn arm over mij heen. Hij drukte me tegen het matras.

Mijn koude voeten vonden een plekje tussen zijn warme benen. Ze zochten langzaam een weg naar boven.

Joeps mond vond de mijne. Door zijn liefdevolle strelingen raakte ik opgewonden. Ik gleed weg uit mijn wereld van verdriet.

Abrupt stopte hij met zijn liefkozingen. Hij rolde van het bed af en verdween, zonder iets te zeggen, naar de badkamer.

Vertwijfeld bleef ik achter. Langzaam ebde de drift weg.

Joep kwam de badkamer uit.

Ik zei niets. Mijn ogen volgden hem tot in bed.

'Sorry Puck. Ik deed het voor jou. Jij wilde zo graag.' Hij draaide zijn rug weer naar mij toe.

De brok in mijn keel kreeg ik niet weggeslikt.

'Doe jij het licht uit?'

De volgende ochtend werd ik wakker gebeld door Kim, de vriendin die ik tijdens het condoleren niet los kon laten. Ze zei dat het een mooie crematie was geweest. Zo'n 'Mieke Telkamp kreet', maar ik begreep wat ze bedoelde.

'Het moet wel pijnlijk voor je zijn geweest toen die twee zussen het podium betraden. Wat een schertsvertoning.'

'Ja, een schertsvertoning en toch deed het pijn. Ik voelde me zo buitengesloten.'

'Je was heel kranig, ook tijdens het condoleren,' merkte ze op. 'Het ging door merg en been je daar zo verloren te zien staan.'

Het gesprek dreigde de roddelkant op te gaan, dus gooide ik het roer om. Ik begon over de verrassende toespraak van Els.

'Het is een chaos in mijn kop. Ik weet zo gauw niet met wie ik daarover kan praten.'

Kim liep alle familieleden – met wie niet meer 'on speaking terms' was – af.

'Ik vind het nu ineens ook heel gênant dat ik zo weinig van mijn moeder weet.'

'Waarom doe je geen navraag bij Trouw? Die kennen je niet. Je bent zo'n kei op het internet. Ga zoeken.'

'Kim, je bent een schat.'

5

Tegenpolen

Om onder de 'arbeitseinsatz' uit te komen had mijn vader het merendeel van de oorlog ondergedoken gezeten in de Rekkense Inrichting, waar hij sportleraar was. Met humor vertelde hij over die tijd. De angst voor gekkenhuizen die de Duitsers hadden waarborgde zijn veiligheid.

Mijn ouders leerden elkaar in 1945 bij de Binnenlandse Strijdkrachten in het bevrijde zuiden kennen. Mijn moeder viel voor deze innemende, zeer aantrekkelijke man, die ook nog eens Nederlands kampioen discuswerpen was.

In het voorjaar van 1946 trouwden ze.

Logeren bij opa en oma Egmond was een feest.

Tot groot ongenoegen van mijn moeder werd ik er heerlijk verwend. Bij binnenkomst werd ik doodgeknuffeld. De natte zoenen veegde ik met een mouw van mijn gezicht.

'Je bent zo'n lieve *skat,'* nam ik trots in ontvangst. 'Oma is *verskrikkelijk groos* op jou.'

Het grote huis aan de boulevard rook heel speciaal. De zilte lucht van de zee vermengde zich met etensgeuren. De keuken was de belangrijkste en ook de gezelligste plek in huis. Het was, naast de huiskamer, de enige ruimte die 's winters warm was. Er werd niet alleen in gekookt en gegeten. Opa en oma wasten zich er ook. Ze hadden een douche, maar die werd niet gebruikt. Daar stonden de stofzuiger en de strijkplank.

Wanneer mijn ouders kwamen logeren werd de badkamer speciaal voor mijn moeder ontruimd. Mama weigerde zich aan de ijskoude kraan in de slaapkamer te wassen.

'Wat een onnodige armoe.'

Opa Egmond schoof precies om twaalf uur aan in de warme eetkeuken. Ik rook een sterke, zurige lucht, die ik als vijfjarige niet kon thuisbrengen.

Hij gaf oma nooit een kus. Ze praatten ook nauwelijks met elkaar.

Opa's glazige ogen waren alleen maar op zijn bord gefocust. Ik keek hem bewonderend aan. Oma schepte zijn bord tot de rand toe vol. Dat bord was een relikwie.

Ondanks dat het uit elkaar viel mocht het niet vervangen worden. Daaruit at hij zowel de soep, het warme eten als het toetje. Het werd tussendoor niet afgewassen.

Gebiologeerd volgde ik zijn eetritueel.

Na het eten stak hij een pijpje op of stopte een stuk tabak achter zijn kiezen.

Terwijl oma de tafel afruimde liep opa met mij naar de woonkamer.

Ze riep hem na: 'Je blijft wel thuis hè, Willem?'

Hij reageerde niet, doch mompelde iets onverstaanbaars.

'Waar gaat u dan naar toe opa?'

'Ik ga nu nergens naar toe *skattebout*. Misschien ga ik straks na mijn dutje nog een ommetje maken. Jij en ik gaan nu eerst naar de persberichten luisteren.'

Dat was ook weer zo'n woord dat ik niet kende.

De radio werd aangezet. Hij ging in zijn hoekje bij het raam zitten en trok mij op zijn schoot. Ik hoorde zijn zware ademhaling. Opa zat nog wat na te smakken. Zijn adem rook zuur. Niet onaangenaam, het hoorde bij hem.

In de winter was het dorp uitgestorven. Op de boulevard liep een enkele derper of een verdwaalde toerist.

'Waarom zijn uw handen zo hard?' vroeg ik.

Hij opende ze, strekte zijn vingers en draaide zijn kolenschoppen heen en weer.

Ik voelde het dikke eelt en de kloven. Opa Egmond had bruine vingers van het roken.

Net als opa Rotterdam.

'Jij kan jouw mooie witte handjes in de mijne verstoppen,' zei hij.

Ik legde mijn zachte, mollige knuistjes in zijn grote, ruwe handen. Zijn vingers omsloten mijn handjes inderdaad helemaal.

'Wil je ze terug?' vroeg hij.

'Ja,' Ik wist wat er ging komen.

Hij duwde zijn ruwe wang tegen mijn mond. Ik gaf hem met alle liefde een dikke pakkerd.

Mijn hand was weer vrij.

Er was één oom – een broer van opa Egmond – voor wie ik bang was. Hij trok mij altijd ongevraagd op schoot, waarna hij mij begon te knuffelen.

'Ik wil niet naar die enge oom Geert, oma.

Het is een enge man. Mama zegt dat hij een NSB'er is.'

Oma knikte, terwijl ze voor de spiegel haar hoedje opzette en haar leren handschoenen aantrok. 'Ja, daar is de familie niet groos op. Maar je hoeft niet bang te zijn, hij bedoelt het niet kwaad. We gaan er alleen een kopje thee drinken.'

Wanneer we bij oom en tante binnenkwamen probeerde ik meteen bij oma op schoot te kruipen.

Dat lukte niet altijd. Na het verplichte welkomstkusje trok hij me direct hijgend op zijn knokige knieën.

Hij vroeg met een piepend lachje om kusjes.

Pogingen om mijzelf van zijn schoot af te laten glijden mislukten. Wanneer mijn voeten bijna de veilige grond hadden bereikt trok hij me hard terug. Ik voelde zijn adem in mijn nek.

Oma en oudtante keken lacherig toe.

'Ik moet naar de wc, oma.'

'Zal ik je even helpen?' bood oom aan.

Gelukkig reageerde oma nu wel adequaat.

'Niet weggaan oma,' fluisterde ik terwijl ik op de bril ging zitten.

'Je kunt toch wel zelf je bibs afvegen?'

'Ja maar ik wil niet alleen naar binnen. Dan gaat oom Geert weer aan mij zitten.'

'Ik wil bij jou op schoot. Eigenlijk wil ik gewoon weg, oma,' zei ik bijna huilend.

Ze wachtte tot ik klaar was. We liepen hand in hand naar binnen. De rest van het bezoek plakte ik mij aan haar vast.

Vader en moeder De Wit hadden drie kinderen en woonden op de Bergsingel. Lies groeide, als middelste, op in het Rotterdam van de jaren dertig in een middenklasse milieu. Ze was het goudhaantje van het gezin.

De oudste dochter Greet was, net als oma, voorbestemd huisvrouw te worden. Er was geen sprake van dat zij iets anders zou gaan doen dan huishoudschool.

Het werd op de lagere school al duidelijk dat Lies erg intelligent was. Zo zeer zelfs dat haar ouders ervan doordrongen waren dat ze haar een kans moesten bieden haar kwaliteiten te benutten. Liesje werd in de watten gelegd.

Ze ging naar het meisjesgymnasium en slaagde op haar zeventiende cum laude. Vervolgens begon ze in Leiden met geneeskunde. Ze werd lid van de V.V.S.L.

De, door de oorlog onderbroken, studie voltooide ze in 1959 in Rotterdam.

Opa en oma Rotterdam verwenden hun kleinkinderen niet.

Misschien kwam ik wel te vaak bij ze. Zij hadden eind jaren vijftig al televisie, wij niet. 's Middags keek ik naar *Swiebertje* of *Pipo de Clown*. Meestal bleef ik een boterham eten. Daarna mocht ik nog naar *Ivanhoe* kijken, waarna ik werd opgehaald.

Opa was een kordaat mannetje, altijd keurig in een driedelig pak. Hij had voor iedere gelegenheid een hoed. Zijn snorretje werd elke ochtend onderworpen aan een langdurige inspectie. Waar nodig werd het bijgewerkt met een soort borduurschaartje.

Die terugkerende, vertrouwde rituelen intrigeerden mij.

De gelijkenis tussen opa en Adolf Hitler was opvallend. Dat kwam door dat snorretje, zijn neus en die messcherpe scheiding in het haar. Nooit heb ik er iets over durven zeggen, maar ik begreep niet dat de vader van een verzetsvrouw er zo uitzag.

Toen ik – na een heerlijke vakantie in Egmond – weer op de gebruikelijke zaterdag naar opa en oma Rotterdam ging, vond opa mij ineens vrijpostig en brutaal. Ik kreeg aan de lopende band standjes, zonder te weten waarom.

Ja, ik had ongevraagd oma's haarspeldjes van haar kaptafel gepakt om het haar van mijn pop mee op te steken.

Ja, ik had aan de knoppen van de radio gezeten, terwijl die niet aanstond. Nu was hij van de goede zender af en moest opa die weer gaan zoeken.

Toen opa en oma een speculaasje bij de thee namen en mij oversloegen escaleerde het. Voor ik het wist was het eruit: 'Ik vind opa Egmond veel liever dan u.'

Het werd angstaanjagend stil. Opa stond op van tafel en liep naar de telefoon.

Oma keek mij met zwarte ogen aan. Precies zoals mama deed wanneer ze boos was. 'Puckje toch,' zei ze zacht.

Tot mijn moeder mij kwam halen bleef ik met gebogen hoofd, pulkend aan mijn vingers, angstvallig de blik van mijn grootouders ontwijken.

Een kwartier later zat ik met mijn withete moeder in de auto. 'Hoe kun je zoiets vreselijks zeggen? Je mag zo vaak naar opa en oma, ze zijn dol op jou. Je hebt opa ontzettend veel verdriet gedaan, Puck. Het is altijd gedonder wanneer je in Egmond bent geweest.'

Ik voelde mij vreselijk.

De week erop nam ik een doosje Willem II-sigaren voor opa mee. Hij trok me op zijn knie, wees met zijn bruine wijsvinger naar zijn wang waar ik maar wat graag een zoen op plakte. Daarna was alles weer gewoon.

Mama kwalificeerde haar schoonfamilie als simpele mensen.

Papa ging discussies met haar uit de weg. Wanneer ze hem naar zijn mening vroeg gaf hij die wel. Hij kon praktisch en helder denken. Door zijn innemende persoonlijkheid, humor, sportiviteit, creativiteit en muzikaliteit werd hij alom gewaardeerd.

Die natuurlijke charme en humor lagen verankerd in zijn persoonlijkheid. Ik bewonderde hem ook om de manier waarop hij zich had aangepast aan de levensstandaard die mijn moeder zich had aangemeten.

Papa kon nog erg goed 'derpers' praten. Ik heb altijd erg gehouden van dat Westfriese zangerige taaltje.

Op de boulevard trof hij regelmatig een paar mannen van de reddingsbrigade.

Mannen met bruin verweerde, ongeschoren gezichten die naar pruimtabak en sterke drank roken. Ik herkende die lucht onmiddellijk.

Ze hadden opa gekend.

Over en weer werden sterke verhalen uitgewisseld en aangedikte herinneringen opgehaald. Papa kon daar intens van genieten.

In Egmond was hij een Egmonder. In Rotterdam een Rotterdammer.

Nooit heeft hij ook maar één lelijk woord over mama gezegd. Hij heeft haar altijd gesteund en gestimuleerd.

Mijn moeder, daarentegen, liet zich naar mij toe regelmatig laatdunkend over hem uit. Dat ging dan altijd over zijn achtergrond, opleiding en zijn baan. Ze beweerde dat ze meer verdiende dan mijn vader. 'Zonder mijn inkomen kunnen we niet leven zoals we leven.'

Dat wist ik en ze had gelijk. Toch voelde ik mij altijd erg ongemakkelijk bij dat soort gesprekken.

6

Naschokken

Joep kwam pas tegen zevenen thuis. Hij drukte een vluchtige kus op mijn mond. Zijn lippen voelden hard en koud.

'Ben je niet lekker?'

'Gewoon moe, doodmoe. Gaat wel weer over. Kom Scooby, uit.'

Nog voor ik verder kon vragen liep hij met de hond de kamer uit. Zijn lichaamstaal sprak boekdelen. Hij had geen zin in mijn vragen.

Vanuit het keukenraam zag ik hem de tuin uitlopen. Mank.

De vakantie in Florida was geen dag te vroeg gekomen. We hadden ons er zo op verheugd.

Van huis tot huis duurde de reis zo'n achttien uur. Ik was – zoals gebruikelijk – vooruit gevlogen om ons huis op orde te brengen.

Joep was doodmoe aangekomen en had de eerste dagen nodig gehad om af te kicken van het werkritme. Daar kreeg hij nauwelijks de kans voor, want na vier dagen kwam dat onheilspellende telefoontje van Bart.

Vanaf Schiphol waren we direct naar het ziekenhuis gereden. Vervolgens duurde de rit van Rotterdam naar Leeuwarden vier uur. Gebroken waren we thuis gekomen.

De dag daarop zat Joep om acht uur weer op kantoor. 'Er is geen betere afleiding dan werk. Bovendien krijgt de jetlag geen kans om toe te slaan.' Zijn theorie stond als een huis.

Dat hij nu volledig afgedraaid was verwonderde mij niet.

'Kramp?' vroeg ik.

'Nee, ik heb een pijnlijke plek op mijn been.'

'Is dat nog steeds datzelfde been? Spiertje verrekt?'

'Zo voelt het niet, het is een stekende pijn. Gaat wel weer over.' Met andere woorden, niet verder doorvragen.

Vervolgens legde hij zijn pijnlijke been op een stapeltje kussens. Hij las de krant en dronk zijn borreltje terwijl ik stond te koken. Terloops vroeg hij hoe mijn dag was geweest.

Ik begon te vertellen, maar middenin mijn verhaal hoorde ik hem snurken. De krant lag open op zijn buik en bewoog met zijn ademhaling mee. Klokslag acht uur – op tijd voor het journaal – werd hij wakker.

We keken televisie met het bord op schoot.

'Ik ga naar bed. Laat jij Scooby nog even uit?' vroeg hij met een vertrokken gezicht. Zijn eten had hij nauwelijks aangeraakt.

'Ja, natuurlijk. En neem jij dan nog een Brufen?' Het klonk als ruilhandel. Joep had enorm de pest aan medicijnen slikken.

Hij wierp mij een kus toe. Ik baalde en was lichtelijk ongerust.

Sinds Florida hadden we geen seks meer gehad. Het liefst wilde ik vrijen. Even in elkaar opgaan en mijn hoofd leegmaken. Alle negatieve gedachten verdrinken in genot.

Er was geen sprake van dat Joep in dezelfde stemming was.

Vanuit de slaapkamer klonk een angstig 'Oh nee'.

'Puck, kom eens.' Toen ik binnenkwam lag hij op zijn buik met blote benen. Die rode plek op zijn kuit zag er pijnlijk uit. 'Da's niet goed hè, Puckje.'

Nee, dat zag ik ook wel. Ook vielen zijn door een netwerk van spataderen misvormde benen op. Zou dat in verband staan met die vurige plek?

Joep had altijd geprotesteerd tegen esthetische chirurgie. Ik kon mij niet voorstellen dat het gezond was. Maar dat gevoelige onderwerp liet ik nu rusten.

Bij de minste of geringste aanraking schreeuwde Joep het uit. 'Het voelt alsof je er met spelden insteekt.'

We besloten er een ijszak op te leggen.

'Gaat wel weer over, hè?'

'Schat, ik weet het echt niet. Je moet dat soort vragen niet aan mij stellen. Misschien moet je er toch even naar laten kijken.'

De telefoon onderbrak ons gesprek. Het was Bart, die belde om een afspraak te maken. 'We moeten bij elkaar komen voor de boedelverdeling. Ik stuur je nog wat papieren om te ondertekenen.' Hij was kort en zakelijk.

Onze slaapkamer was donker toen ik de deur zachtjes opendeed. Een donderend gesnurk kwam mij tegemoet. Ik vluchtte.

Om Joep niet wakker te maken ging ik boven in Carels badkamer mijn tanden poetsen. Mijn oog viel op de verjaardagskalender.

Ik schrok. 'Lieve hemel, Carel is over twee weken jarig.'

Gedachteloos liep ik naar zijn kamer. Het licht van de straatlantaarns viel op het nachtkastje waar een foto op stond van de driejarige Carel met zijn opa in de besneeuwde tuin van Westmaas.

Mijn gedachten gingen twintig jaar terug. Kleine Carel en grote Carel hadden een enorme sneeuwpop gemaakt en namen daar hun petje voor af.

'Typisch de humor van pa. Alles is nu verleden tijd. Herinneringen.'

Ik huilde.

7

Ouderliefde

Mijn vader sloeg. Onbedaarlijk – en ongecontroleerd hard. Dat waren afschuwelijke momenten.

Door de atletiek waren zijn spieren behoorlijk ontwikkeld. De klappen en trappen kwamen ongenadig hard aan.

Bart, de oudste, heeft er ontegenzeglijk het meest onder geleden. Hij zat in de vierde klas van de HBS en had gespijbeld. De onontkoombare absentiekaart had hij onderschept en zelf ondertekend. Althans hij had geprobeerd de handtekening van mama na te maken. Die vervalsing werd opgemerkt. De rector belde mijn ouders.

Toen was de boot aan.

Ik werd naar mijn kamer gestuurd.

Beneden vereffende mijn vader de zaken met mijn broer. Wat er precies is gebeurd weet ik niet, maar laat zich makkelijk raden. Bart heb ik een paar dagen niet gezien.

De relatie tussen die twee liep een onherstelbare deuk op. Ze hebben het nooit kunnen opbrengen het uit te praten.

Mijn moeder loste de problemen niet zelf op. Ze liet dat aan mijn vader over.

Vaak waren niet de kinderen de oorzaak, maar externe factoren. Problemen op de zaak, of lelijk geklets van buitenaf. Bij thuiskomst trof hij een vermoeide, klagende vrouw aan en vier kinderen die één voor één om aandacht vroegen.

Het ging tijden goed en dan plotseling kon hij om een futiliteit in een agressieve woede uitbarsten. Het was angstaanjagend omdat hij zijn eigen krachten niet kende.

Maar hij maakte het, op zijn manier, altijd weer goed.

Ik bleef op mijn kamer en fantaseerde dat ik van huis wegliep. Trillend van pijn, angst en boosheid zat ik te wachten op wat komen ging.

'Puckje, dat moet je nou niet meer doen.' Het klonk bijna smekend.

'Kus!' Hij drukte mijn mond stevig tegen zijn wang, die altijd naar oude FreshUp aftershave rook. Ik gehoorzaamde meteen om maar uit de verstikkende situatie te komen.

Op een zaterdagochtend hadden mijn ouders een woordenwisseling in hun slaapkamer, die grensde aan de mijne. Ik lag nog in bed.

Aan de stemverheffing van papa hoorde ik dat het uit de hand dreigde te lopen. 'Je bent inderdaad een waardeloze moeder.'

Mijn moeder gilde wanhopig. 'Stop alsjeblieft Carel, stop nou toch!' Haar gegil ging door merg en been.

In paniek rende ik, met mijn vingers in mijn oren, de gang op.

Papa stormde de kamer uit. Hij negeerde mij of zag mij niet. Zijn voetstappen op de trap klonken oorverdovend. Ik hoorde de voordeur hard dichtvallen.

Ineens was het angstaanjagend stil in huis.

Mijn moeder kwam hysterisch huilend haar kamer uit. Ze had alleen een onderjurk aan. Ik zag rode vlekken in haar hals. Het gouden medaillon hing scheef om haar klamme nek.

Haar gezicht was rood en opgezwollen van het huilen.

Apathisch stond ik met mijn rug tegen de muur. Ik durfde haar niet aan te raken, als de dood dat hij terug zou komen.

'Ik ga van hem scheiden,' snikte ze. 'De man is gek geworden, hij laat zich beïnvloeden door misselijke roddels. Hij durft het niet eens voor zijn eigen vrouw op te nemen, maar gelooft die vuile roddels van dat NSB-wijf. Ik zweer je, ik ga bij hem weg. Kijk wat hij me heeft aangedaan.'

Ze wees naar een gezwollen plek tussen haar borsten die langzaam blauw werd.

'Ik moet er eigenlijk mee naar de politie. Misschien is het voor iedereen wel het beste wanneer wij gaan scheiden.'

Nog steeds stond ik aan de grond genageld. De schrik was niet zozeer ingeslagen omdat ze een pak slaag had gekregen. Zij had immers nooit ingegrepen wanneer papa mij trakteerde op zijn ongenadige uithalen. Het was de dreiging die van die ruzies uitging. Nu had ze het over scheiden. Bij wie moest ik dan gaan wonen? Zou ik van mijn broer en zussen gescheiden worden?

'Wie roddelt er dan over ons?'

Ik vroeg naar de bekende weg. Het NSB-wijf was in de hele laan bekend. Een norse vrouw die iedereen en alles vanachter de gordijnen in de gaten hield.

'Daar trek jij je toch niets van aan?'

Ze noemde geen naam.

Toen keerde ze terug naar de slaapkamer. Met haar rug naar mij toe mompelde ze: 'Puck, breng me een kopje thee en een beschuitje. Ik voel een migraine opkomen.' Ze trok haar kettinkje recht.

Papa bleef de hele dag weg. Ik vroeg mij angstvallig af of hij nog terug zou keren.

Toch zat hij 's avonds aan tafel alsof er niets was gebeurd.

'Kus... over.'

De zes jaar oudere Connie ontfermde zich op cruciale momenten over mij.

Op dertienjarige leeftijd werden mijn amandelen geknipt. Het was een poliklinische ingreep.

Op de dagen zonder Nel lag ik alleen thuis. Connie bekommerde zich het meest om me. Ze kwam zelfs bij me in bed liggen wanneer ik niet kon slapen.

Na vier dagen kreeg ik hoge koorts. De volgende dag begon ik bloed op te hoesten.

Mijn moeder kon het niet aanzien. Ze raakte in paniek wanneer ik kokhalzend naar de wastafel strompelde. Ik dreigde te stikken in mijn eigen bloed.

'Niet doorslikken, houd je mond open,' gilde ze.

Connie veegde mijn bebloede mond af en hield mij vast wanneer ik weer moest spugen.

Ik werd met spoed naar het Havenziekenhuis afgevoerd. Connie reed. Mijn moeder, volledig over haar toeren, zat naast haar terwijl ik alleen op de achterbank zat met een emmer onder mijn kin. Zo nu en dan zakte ik weg.

In het ziekenhuis maakte mama stennis over het feit dat ik na de ingreep meteen naar huis was gestuurd. 'Ze is al dertien. Veel te riskant. Zie wat ervan gekomen is: een nabloeding.'

Connie troostte me toen ik onverwacht moest blijven.

Het was net uit met mijn vriendje. Uit angst dat ik muurbloempje zou zijn, zag ik tegen de laatste bondsavond op.

Mama, die een nieuwe jurk had gemaakt, stond erop dat ik ging. Ze wist in ieder geval papa te overtuigen.

Connie vroeg zich aan tafel hardop af waarom ik gedwongen werd te gaan. 'Die jurk kan ze toch nog altijd dragen?'

'Omdat wij het zeggen. Bemoei je er niet mee, Cornelia.' Papa werd driftig, ik zag het.

Connie bleef protesteren.

'Puck, naar je kamer. Ga je omkleden,' beval mijn vader.

Ik rende huilend naar boven, gevolgd door een tierende Connie. Ze nam mij in haar armen. Toen stormde papa de kamer binnen.

Connie en hij zetten het op een schreeuwen. Hij pakte een rotanstoel en tilde die boven zijn hoofd alsof hij haar ermee wilde verpletteren. Op dat moment gilde ik dat ik wel naar het feest zou gaan.

Daarop zette hij de stoel neer. Connie liet zich, gelukkig zonder protest, naar haar kamer sturen.

Ik probeerde mijn rood behuilde gezicht met koud water te fatsoeneren. Mijn moeder zei ik geen gedag. Door haar was papa door het lint gegaan.

Hij bracht mij naar de bondsavond. Toen hij stopte voor de feestzaal pakte hij mijn gezicht met beide handen beet. 'Kus.' Ik gehoorzaamde met tegenzin.

'Je zult zien dat het een leuke avond wordt. Juist wanneer je er geen zin in hebt valt het mee.'

Zwijgend stapte ik uit.

Papa leek afgekoeld, maar de woede kon zo weer oplaaien. Ik hoopte maar dat Con het voorval verder zou laten rusten.

'Bel maar wanneer ik je moet komen halen.'

Zonder een woord te zeggen liep ik weg van de auto. Ik voelde zijn ogen.

Ik had al snel een goede strategie verzonnen om pijnlijke confrontaties met mijn vader te ontlopen.

Als er iets was op te biechten, zorgde ik dat ik binnen was wanneer mijn moeder thuiskwam.

Mama schonk steevast een glas sherry voor zichzelf in. Het eerste glas werd in de eetkamer genuttigd. Dat was het moment waarop wij ons verhaal konden doen.

In de winter stond ze gewoontegetrouw met haar bips tegen de oliekachel te wiebelen. Papa plaagde haar ermee. 'Als je een wind laat, ontploft de boel.'

'Jij met je vieze grapjes.' Ze bleef daar staan tot ze warm was geworden en het eerste glas leeg was.

Met grote tegenzin begaf ze zich naar de keuken. Ik volgde haar met de fles sherry. Eerst schonk ik haar glas nog eens vol en kletste zenuwachtig over van alles en nog wat.

Was zij druk bezig, dan begon ik over de rampzalig verlopen repetitie. Meestal lukte die truc.

Mijn moeder, op haar beurt, maakte ook handig gebruik van de situatie. 'Schil jij de aardappels even, Puck. Doe maar voor twee dagen, dan ben ik morgen snel klaar.'

Op dat moment kon zij mij alles vragen.

'Mam, wil je dan wel meteen je handtekening zetten, anders wordt het blaadje vies.' Het proefwerk hield ik onder haar neus.

'Nou vooruit dan maar. Had je je huiswerk weer eens niet gedaan? Verdorie, je bent intelligent genoeg.' Ze sputterde even door met dreigende woorden.

De beste afleiding was visite.

Buurvrouwen die op de sherrylucht en onmetelijke gastvrijheid van de Verbeekjes afkwamen. Ik verafschuwde hun gulzigheid. Tegelijkertijd waren ze mijn reddende engelen. Nog voor de glazen gevuld waren, had ik mama's handtekening te pakken, waarna ik buiten kon gaan spelen.

Uit angst begon ik in de zesde klas van de lagere school de handtekening van mijn moeder te vervalsen. Ik schatte eerst de situatie in waarna ik mijn plan beraamde. Vervalsen of mijn moeder laten ondertekenen?

Wanneer ik het blaadje met de nephandtekening inleverde bij de onderwijzer, verslapten mijn bekkenspieren.

Nooit ben ik, zoals Bart, door de mand gevallen. Het knaagde wel, maar het alternatief vond ik erger.

Op woensdagmiddag ging ik met Katrien, die drie jaar ouder was, televisie kijken bij mevrouw De Kan, een lieve oude dame die een paar huizen verder woonde. Wij kregen limonade terwijl zij zichzelf om vijf uur een glas rode vermouth inschonk.

We kwebbelden er lustig op los bij haar. Katrien en ik op het puntje van de bank en mevrouw De Kan in haar comfortabele fauteuil van rood velours tegenover ons. Op de overvolle, smeulende asbakken links en rechts van haar stoel sloeg ze geen acht. Wij wel.

Ze stak een sigaret op, legde die op de oude peuken, stond vervolgens op om voor ons limonade in te schenken en terug in haar stoel stak ze een nieuwe op. De kamer stond blauw van de rook.

Van mama mochten we niet iedere woensdagmiddag naar mevrouw De Kan. Zij, op haar beurt, drukte mama op het hart zich niet bezwaard te voelen. Ik nam wel eens bloemen voor haar mee.

Was het te slecht weer om buiten te spelen, dan gingen wij toch.

Katrien duwde mij, nadat zij had aangebeld, altijd naar voren. 'Dag mevrouw, mogen wij alstublieft bij u televisie kijken?'

'Ach gezellig, mijn knappe buurmeisjes. Kom er maar in.'

Wij wisten wat er op de televisie was. Zij niet. Maar ze keek altijd met ons mee.

The Beatles werden oogluikend toegestaan. Connie draaide stiekem The Stones op haar kamer. Dat was verderfelijk en mijn vader vond het geen muziek. Mama vond de teksten suggestief en Connie moest mij uitleggen wat ze daarmee bedoelde. 'Nou ja, dat *Let's spend a night together* en *Satisfaction* over vrijen gaan,' legde ze mij verlegen uit. 'Dat vindt mama vies en daarom mogen we er niet naar luisteren.'

Papa kocht iedere zaterdag een nieuwe langspeelplaat. Ella Fitzgerald, Louis Armstrong of Dutch Swing College, er klonk altijd muziek in huis. Mijn vader kon geen noot lezen, maar speelde alles probleemloos na. Zodra hij thuis kwam dook hij achter de piano.

Regelmatig traden wij tussen de schuifdeuren op. In mama's bijouteriedoos mochten we graaien wat wij wilden. Behangen met kralen en dik onder de poeder en lipstick imiteerden wij Edith Piaf. Papa aan de piano en mama als ons publiek.

Nog heerlijker was het wanneer mijn ouders ons 'oldtimers' leerden.

'You put your right foot in, you put your right foot out.
You put your right foot in and you shake it all around.
You do the hokey pokey and you turn around,
That's what it's all about.
Oh the hokey pokey…'

Een dolle moeder met drie dolle dochters dansten de kamer door, muzikaal ondersteund door een glunderende vader achter de piano.

Een ziek kind kwam mijn moeder slecht uit.

Wanneer ik 's morgens met een pijnlijke keel opstond en meldde dat ik mij beroerd voelde kwam als eerste de thermometer tevoorschijn. Dat stomme ding bepaalde mijn lot. De grens lag bij 37,5 graden ongeacht hoe ik mij voelde.

Meestal was er overdag niemand thuis. Op de zogenaamde vriendinnen in de buurt kon ze niet terugvallen.

Ik werd 's morgens meestal in het bed van mijn ouders gelegd met de telefoon binnen handbereik. Mama's kussen rook naar Elnett en l'Air du temps, een bedwelmende combinatie die mij een veilig gevoel gaf. Ik keek hoe ze zich aankleedde.

Het medaillon lag op haar nachtkastje binnen handbereik. Ik durfde niet.

Nadat ze zichzelf weer bespoten had met lak en parfum deed ze het kettinkje om. Voor het eerst zag ik dat ze er een kusje op gaf.

Omdat ze thuis lunchten spraken mijn ouders af wie wat vroeger thuis zou komen en wie wat later weg zou gaan.

Connie moest na school meteen naar huis komen.

In de meeste gevallen behandelde mama ons zelf.

Wanneer ze het echt niet vertrouwde of ze de situatie niet aankon, belde ze de huisarts. Daar had ze een bloedhekel aan. Onze huisarts was een alleraardigste man die mama bewonderde. Maar ze had die onweerstaanbare geldingsdrang. Ze wilde niets liever dan dat hij haar diagnose bevestigde.

De Latijnse termen vlogen over mijn zieke hoofd. Mijn moeder liep met een rooie kop door de slaapkamer te ijsberen.

Het wachten was op de vieze, grote, fel gekleurde pillen. Ik was bang dat ze in mijn ontstoken keel zouden blijven hangen, waardoor ik zou stikken.

Mijn vader stelde me gerust. Hij nam de tijd om me te helpen met het innemen van die capsules. Bij mijn moeder zag ik wel bezorgdheid, maar een knuffel kon er niet van af. Ze zei dat ze bang was dat ik haar of een van de anderen zou aansteken.

Papa trok mijn koortsige lijfje op schoot en wiegde me in slaap. De opluchting was groot wanneer ik opknapte en weer naar school kon.

Het kwam ook voor dat ik mij hondsberoerd voelde, maar de grens van 37,5 graden net niet werd bereikt. Een zware verkoudheid noemde mijn moeder dat. 'Gewoon naar school en vanavond vroeg naar bed.' Beide waren een straf.

Ik was een jaar of dertien toen ik op het lumineuze idee kwam de ziekterechter even met zijn zilverkleurige kop onder warm water te houden. Vervolgens sloeg ik hem af naar ongeveer 37,9 graden. Die temperatuur zou niet opvallen.

Zo creëerde ik mijn eigen bedonderpraktijken.

Een oppas hadden wij zelden. Bart, met wie ik acht jaar scheelde, maakte altijd amok wanneer mijn moeder met dat voorstel kwam. 'Ik kan heel goed voor mijzelf zorgen en Con ook.' Hij had al een aantal meisjes weggepest.

Bij opa en oma Rotterdam kon ik niet slapen. Zij hadden maar één slaapkamer.

Tante Claartje en oom Hans waren regelmatige redders in nood.

Ik logeerde graag bij ze. Mijn tante gaf mij veel aandacht. Oom Hans was veel afstandelijker.

Op zondag ging de hele familie naar de kerk. Mijn neefje en ik werden naar zondagschool gebracht.

Dat was nou weer veel minder. Ik kende niemand en de liedjes kon ik niet meezingen. Beschaamd verschool ik mij achter de rug van mijn neefje.

Na anderhalf uur werden we weer opgehaald. Tante Claartje vroeg altijd of ik voor mijn familie had gebeden.

Ik knikte.

Ze lunchten uitgebreid. Zo was er altijd soep vooraf. Tante Claar trok bouillon voor een hele week en maakte per dag een ander soort soep, alleen voor oom Hans.

Hij liet zijn appeltje door haar schillen. De rituelen deden mij aan opa en oma Rotterdam denken.

'Ik kan nog geen ei koken, Puckje. Jouw vader kan werkelijk alles. Vooral pannenkoeken bakken. Carel bakt de lekkerste pannenkoeken van de hele wereld.'

Ik glunderde.

'Ja, Lies kan dat ook niet allemaal aan. Het valt ook niet mee.' De stem van tante Claartje klonk zorgelijk.

Doorvragen leek mij onbeleefd of kon brutaal overkomen, dus hield ik mijn mond.

Inderdaad droeg mijn vader ruimschoots zijn steentje bij in het huishouden.

Waarom oom Hans niets deed begreep ik niet. Tante Claartje werkte tenslotte ook.

Op weg naar huis vroeg ik aan mijn moeder: 'Waarom schilt tante Claar altijd het fruit voor oom Hans?'

Mijn ouders begonnen hard te lachen. 'Omdat oma haar Hansje al verpest had. Nou... en Claartje doet dat met liefde hoor.'

'Kookt papa daarom ook zo vaak? Omdat jij ook gruwelijk verwend bent. Tante Greet zegt dat jij wel naar het gymnasium mocht en zij niet. En dat jij het goudhaantje van de familie was.'

'Tante Greet is jaloers,' klonk het bits. De vrolijke stemming was abrupt verstoord. Mama zette de radio harder. Daaruit maakte ik op dat ik verder mijn mond moest houden.

Connies kleren gingen, op de schoenen na, naar Katrien, waarna ze aan mij werden versleten.

Oma Rotterdam breidde en haakte truien die kriebelden.

In haar vrije tijd zat mama ook nog wel eens achter haar Singer. Dat liep meestal uit op een teleurstelling. Ze raakte over haar toeren wanneer het niet lukte. Het kledingstuk eindigde bij tante Greet, die er nog wat van probeerde te maken.

Wij zagen er altijd keurig en vooral degelijk uit. Er was geen sprake van dat wij met enige moderage meededen.

Wat was ik jaloers op vriendinnetjes die in de duurste Tesselschade smokjurkjes op feestjes verschenen.

Daaronder droegen ze spierwitte kousen en zwarte lakschoenen.

Ik had één feestjurk, gemaakt door oma, waaronder ik doorgewassen, lubberende kousen en stevige molières droeg.

Bij hoge uitzondering en waarschijnlijk op een moment van zwakte kreeg ik de zogenaamde Pennyshoes. Dat waren instappers met muntjes. Ze zaten helemaal niet lekker, maar ik moest ze hebben.

'Er zit helemaal geen goede pasvorm in. Met je steunzolen erin glippen je voeten eruit,' zei mama toen ik ze in de winkel paste.

'Dan doe ik mijn steunzolen niet in,' volhardde ik.

'Je doet je steunzolen wel degelijk in.'

'Oké, dan slip ik wel.'

Op een koude novemberavond, toen mijn ouders niet thuis waren, sloop ik naar beneden om iets te snoepen te pakken. Omdat lekkers voor mij uit den boze was, moest ik het pikken.

De snoepkast was op slot, de sleutel eruit gehaald.

Op het eikenhouten kistje met koperen beslag, dat door mij was omgedoopt tot *het kistje met de gouden hoeken,* lag een rol sinterklaaspapier.

Ik kende dat papier. Het had de dag ervoor om het chocolade sinterklaasje gezeten dat ik in mijn schoen had gevonden.

Ik ging voor het kistje zitten en probeerde het te openen. Er was geen beweging in te krijgen. De ouderwetse sleutel kreeg ik niet omgedraaid.

Toen hoorde ik stappen op de trap en legde het pakpapier snel terug.

Connie kwam binnen. 'Wat doe jij hier, Puck?'

'Ik heb het koud.' Demonstratief hield ik mijn handen net als mama boven de oliekachel.

'Kom maar, dan zal ik een extra deken voor je pakken. Als papa en mama je hier zien, worden ze woedend. Ze kunnen ieder ogenblik thuiskomen.'

Ik twijfelde of ik Connie van mijn ontdekking zou vertellen.

Toen ze me lieflijk instopte kwam het hoge woord eruit. 'Sinterklaas bestaat niet, hè Con?'

Ze keek mij geschrokken aan en ging op de rand van het bed zitten. 'Waarom denk je dat, Puck?'

Eerst kwam ik met smoezen. Dat alle sinterklazen er verschillend uitzagen en dat onze huissinterklaas een boezem had.

Ze knikte, maar zei niets.

Toen vertelde ik over mijn bevindingen van die avond.

Connie knikte weer. 'Ja meis, Sinterklaas bestaat niet. Maar in het kistje zitten geen cadeautjes hoor, dus blijf daar maar vanaf.'

Die nacht droomde ik dat Sinterklaas voorgoed uit mijn leven verdween. Het was een verdrietige droom.

'En tante Doortje was Sinterklaas,' bekende mijn moeder de volgende dag aan het ontbijt. Ze vond het wel makkelijk. Nu konden ze eindelijk stoppen met die schijnvertoning, zei zij.

'Waar verstop je de cadeautjes dan?'

'Dat ga ik jou aan je wipneus hangen,' zei ze. 'Maar tante, je blijft met je handen van het kistje af. Begrepen?!' Haar stem sloeg om. Ze keek me met die angstaanjagende, inktzwarte ogen aan.

'Waarom mag ik niet aan het kistje komen?'

Ze greep me stevig bij de arm. 'Omdat ik dat zeg, jongedame.'

Twee dagen later was *het kistje met de gouden hoeken* ineens weg.

Toen ik wat ouder was keek ik echt uit naar Sinterklaas, vanwege het uitje met mijn vader. Hij nam mij mee naar de koopavond van de Bijenkorf.

Eerst stonden we voor de prachtig versierde etalage met bewegende poppen. Ik genoot met mijn neus tegen de ruit van het prachtige schouwspel. In het restaurant op de bovenste verdieping trakteerde hij op frites met een kroket.

Na het eten gaf hij mij geld. We spraken een tijd af waarop we elkaar weer in het restaurant zouden treffen. 'Ben jij voor iedereen geslaagd? Wat heb jij voor mama gekocht?' Papa kocht altijd iets duurs voor haar. Meestal werd het een tas of leren handschoenen. Ik moest dan mee naar Zumpolle. 'Jij weet wat ze mooi vindt.'

Zijn vertrouwen deed mij trots glunderen.

Zoals te verwachten kwam er een knoert van een kerstboom in de kamer te staan.

Papa hing er de elektrische lampjes in, waarna hij de piek erop zette. Wij mochten de boom verder versieren. De heerlijke sparrengeur bracht mij direct in de kerststemming. Ineens was er zoveel gezelligheid in de kamer.

Daarna volgden de dagen van kaarten schrijven, menu's maken en boodschappen doen. Ik genoot van deze tijd.

Kerstmis zelf betekende eten, drinken, muziek maken en spelletjes doen. Het tafelbiljart werd van zolder gehaald.

Tijdens de borrel, die wat langer duurde dan normaal, vroeg mijn moeder wat er bij de kalkoen gedronken zou worden. Papa schrok zich kapot. In paniek rende hij de kelder in.

Mama grinnikte. 'Ach, dan borrelen we wat langer.'

De rode wijn werd, om op temperatuur te komen, dicht bij de haard gezet.

Tijdens de krabcocktail hoorden we een onheilspellend sissend geluid.

Nat haardhout? Een kaars?

Daar, bij de haard, stroomde de Pomerol over het parket. Het goddelijke, rode vocht borrelde gestaag de fles uit.

Papa vloekte even. Wij, daarentegen, moesten ontzettend lachen.

De glühwein werd zonder morren gedronken.

Het einde van de feestmaand stemde mij weemoedig.

De kerstboom werd op oudejaarsdag afgetuigd. Mijn moeder bakte oliebollen en appelflappen. Wij gingen regelmatig boven kijken of het beslag al was gerezen. Evenals met de 'Pomerol' ging het wel eens iets te hard.

De avond stond weer in het teken van drank, eten, spelletjes, muziek en Wim Kan.

Om twaalf uur knalden de champagnekurken. Het eerste wat je in het nieuwe jaar doet is zoenen. Daarna werd er getelefoneerd met de grootouders en de familie (papa's broer) in de Verenigde Staten.

Het leukste van Oudjaar was de bijeenkomst van vier lanen op het kruispunt. Daar werden alle kerstbomen verbrand.

Vaak ging er een hele stoet met ons mee om het nieuwe jaar vooral alcoholisch goed in te luiden. Altijd die mensen op wie mijn ouders geen beroep konden doen. Zij met hun goede voornemens.

In de traditionele familiebijeenkomst op 1 januari bij tante Greet hadden mijn ouders niet altijd zin.

Ik vond het heerlijk. Tante Greet was groots in de keuken. Het was leuk om alle neven en nichten te zien.

'Waarom wil mam nooit naar tante Greet,' vroeg ik aan Connie.

'Vanwege Tjeerd Dolman.' Ze leek van zichzelf te schrikken.

'Nou ja, mama heeft gewoon geen zin in al die mensen.'

Verjaardagen werden uitgebreid gevierd, vooral wanneer ze in het weekend vielen. Mijn ouders nodigden in principe niemand uit. Iedereen kwam spontaan.

Meestal belde men met een smoes. 'Heeft je moeder al een verlanglijstje?' Of: 'Viert ze het op de dag zelf?'

Zodra de bel ging renden Katrien en ik naar de voordeur, elkaar hardhandig wegduwend. Het was een verrassing wie er voor de deur stonden. Ik vond het heerlijk als het huis volstroomde.

Er werd begonnen met koffie en gebakjes van banketbakkerij Nienhuis.

De zussen en ik stonden in de keuken hapjes klaar te maken. Mijn moeder maakte de dag tevoren bowl. Papa zorgde voor de drankvoorraad. Hij wist precies wat iedereen dronk en rookte.

Als de stemming er goed inzat, dook hij achter de piano. Er werden oldtimers gezongen en er werd gedanst. Tussendoor mochten wij de schuifdeurenact opvoeren. Ons publiek reageerde laaiend enthousiast.

Mama glunderde.

De avond voor mijn verjaardag ging ik vroeg naar bed. Mijn ouders zeiden dat het dan sneller morgen werd.

's Morgens was ik er als eerste uit. Meteen dook ik, net als op de zondagen, bij mijn ouders in bed. Mama draaide zich nog even om, maar papa verzon iets leuks. Hij maakte van zijn voeten – maat 47 – een bankje. Daar zette hij mij op. Ik gilde het uit wanneer hij zijn benen strekte.

'Stil blijven zitten, Puckje, anders val je,' zei hij gemeen lachend. Onder mijn billen voelde ik zijn voeten bewegen, waardoor ik uit balans dreigde te raken.

Hij was zo sterk. Op het laatst trapte hij mij omhoog waardoor ik van zijn voeten loskwam. Mijn hoofd miste het plafond op een haar na. Hij ving mij na een vrije val in zijn armen op. Gillend kwam ik weer op aarde terug. Meteen was iedereen wakker.

Bart, Connie en Katrien kwamen naar de ouderslaapkamer.

In de tijd dat wij nog geen centrale verwarming hadden stonden zij met hun voeten te koukleumen op het zeil terwijl ik zeer voldaan tussen mijn ouders in lag.

Ik glunderde.

Rond mijn verjaardag had ik ineens opvallend veel vriendinnetjes. Ik wist dat het tijdelijk was maar maakte er gretig gebruik van.

De dag voordat ik op school zou trakteren ging ik met Katrien naar Jamin. We stonden ons te vergapen aan alle lekkernijen.

Het moest in ieder geval snoep zijn waar je lang over deed.

Nadat ik in mijn eigen klas getrakteerd had, mocht ik de klassen rondgaan. Daarvoor gold op de Kralingsche een speciale procedure.

Ik koos altijd de twee grootste loeders om de klassen mee rond te gaan. Dan waren ze in ieder geval een paar dagen aardig tegen me.

Eén droeg het mandje met overgebleven snoepgoed. De ander deed de deuren open en dicht. Ik droeg het schaaltje met bonbons – de traktatie voor de onderwijzers.

De rondgang begon in de kamer van het hoofd der school. Hij had een cadeaukast vol kleurplaten, gummetjes, puntenslijpers en potloden waaruit ik een keuze mocht maken.

Daarna gingen wij alle klassen rond.

Ik klopte op de deur, keek door het raam en zag iedereen opveren. Verwachtingsvol keken ze me aan.

Eerst liep ik naar de docent. Er was maar één gulle geefster. Van mevrouw Kleij kreeg ik altijd een plaatje voor mijn poëziealbum.

Triomfantelijk keek ik de klas in en koos dan twee of drie kinderen die iets lekkers uit het mandje mochten kiezen. Dat was een willekeurige keuze.

Ik genoot van deze tijdelijke macht.

Ook in Katrientjes klas hing een vijandige rangen- en standensfeer. Met haar eigenwijze neus wees zij mij aan wie getrakteerd mochten worden.

Dankzij dit uitje waren wij zo'n twintig minuten uit de les.

Zo alleen door de lege, hol klinkende gangen lopen was ook spannend. Wij hoorden de echo van ons eigen gegiechel.

Mijn partijtje werd meestal op zaterdag gevierd. Ondanks de pesterijen werd ik wel altijd bij iedereen uitgenodigd. Dus kwamen alle meisjes ook op mijn feestje.

Bij ons geen koekhappen of ezeltje prik. Nee, mijn vader huurde films van Laurel en Hardy, Harold Lloyd en The Comedy Capers. Kijk, dat hadden die rijkeluiskinderen niet.

Bij ons geen aanmaaksiroop. Nee, we kregen Coca-Cola en 7-Up.

Mama stond op haar geliefde plek voor de kachel.

Ik herkende haar blik. Ze liet haar voorkeur duidelijk blijken. De meisjes, wier moeders mij regelmatig mee naar huis namen, werden enthousiast door haar begroet.

Haar belangstelling kwam overdreven over.

De anderen gaven haar een vluchtig, slap handje. 'Ik ben bang voor jouw moeder,' zei een klasgenootje.

Papa opende het feest achter de piano. Hij zette de twee kleinste meisjes er bovenop. De rest gilde: 'Ik ook, mijnheer Verbeek. Ik ook alstublieft!'

Vervolgens zette hij 'Lang zal ze leven' in. Eerst de traditionele uitvoering, gevolgd door de boogiewoogievariant.

De Kralingse prinsesjes in hun smokjurkjes dansten op hun zwarte lakschoentjes door de kamer. Soms nam hij er één op schoot. Hoe sneller het ritme, hoe hoger ze de lucht in ging. Dan was het weer gillen geblazen. De rest smeekte: 'En nu ik. Nu ik, mijnheer Verbeek. Mag ik alstublieft.'

Als mama zich los wist te maken van haar warme plekje nam zij het voortouw in de polonaise.

Ik glunderde trots en vergat mee te doen.

Wij hoopten altijd op een strenge, koude winter.

Papa was een ervaren lange-afstandsschaatser. Hij had het geleerd op de sloten en vaarten van Broek op Langedijk. Het was heerlijk om je door hem te laten duwen. Hij maakte rake klappen. De koude wind gierde langs mijn oren wanneer het hard ging.

Wij waren lid van IJsclub Kralingen, waar we al snel terecht konden. Er hing een gezellige sfeer wanneer 's avonds de lichtjes langs de baan aangingen. De ijsclub was een ontmoetingsplaats. Menig verliefd hart heeft er rondjes gereden.

Het mooiste was toch wel wanneer het signaal 'veilig' werd gegeven voor de Kralingse Plas. We kregen goede schaatsen die mijn vader zelf sleep en in het vet zette.

Was het een echt strenge winter, dan reed hij 's morgens alleen de molentocht in de Alblasserwaard. Daarna kwam hij thuis even lunchen en zich omkleden, om vervolgens met Bart en diens vriendjes de tocht nogmaals te rijden.

Ging het sneeuwen, dan was het weer feest. Er werden sleeën achter de auto gebonden. Wij reden door de hele buurt. Overal sloten sleeën aan. Het was een gegil en gejuich van opgewonden kinderen. Papa was niet kinderachtig, iedereen mocht mee.

Ik was trots.

Het voorzitterschap van de Oranjevereniging Rotterdam Oost (OVRO) was één van de vele bestuursfuncties die hij op zich nam.

Over het koningshuis had mijn moeder gemengde gevoelens. Zij was minder Oranjegezind dan haar verzetsvrienden, zoals ze zelf zei.

Vanuit Engeland kon Wilhelmina meer uitrichten. Maar in Nederland werd geleden. Hier was ze ook nodig geweest. Zoals altijd, wanneer het de oorlog betrof, vond ik haar redeneringen helder. Voor prins Bernhard had ze geen goed woord over.

Koninginnedag was ook een dag waar ik naar uitkeek. Wij reden met papa mee naar het vertrekpunt van de drumband. Die marcheerde door Kralingen achter onze Peugeot 404 aan. Overal sloten kinderen en ouderen zich aan bij de stoet.

Natuurlijk leidde de route ook door de Oranjelaan. Ik verbeeldde mijzelf dat mijn vader, als voorzitter, de macht had om de band door onze laan te laten marcheren. Mama was inmiddels opgestaan. Ze stond voor het raam en zwaaide naar ons.

Iedereen glunderde.

8

Het verleden verdelen

Twee weken later zat ik weer in de auto naar Westmaas. De boedel moest verdeeld worden. Bart wilde het huis zo snel mogelijk leeg hebben en in de verkoop zetten. Hij, Connie en Katrien hadden weinig met de dijkwoning aan de Binnenmaas.

Ik had er nog één jaar gewoond. Het voelde wel degelijk als mijn ouderlijk huis.

Men verzamelt een leven lang van alles, hecht zich eraan en na overlijden bepalen anderen wat er met die verzameling gebeurt.

Ook dat was iets waar ik nog nooit bij stil had gestaan.

Spullen temidden waarvan ik was opgegroeid, die bij mijn ouders hoorden, zag ik vandaag voor het laatst. Het maakte mij een tikkeltje melancholiek.

Dat er zoveel richting kerk, opkoper of grof vuil ging deed wel pijn, maar was onvermijdelijk.

De smaak van mijn ouders was niet bepaald de mijne. Het ging mij om de zaken waar een verhaal aan kleefde, zoals de fles met het scheepje dat opa Egmond ooit had gemaakt. Als kind had ik er met verbazing naar gekeken.

Bart had de schilderijen bij Sotheby's laten taxeren.

De waarde verbaasde ons.

Mama's fantastische verhalen over de nalatenschap van haar ouders, met name de schilderijen, hadden ons doen geloven dat ze een fortuin waard waren. Gebakken lucht.

Als laatste werden aan de eettafel de sieraden verdeeld tussen Connie, Katrien en mij. Bart wilde niet meedoen. Hij keek even naar het uitgestalde schitterends en haalde letterlijk zijn neus op. 'Mmm, nee. Laat maar.'

Ook voor mij was de keuze makkelijk.

Het meeste vond ik ronduit lelijk. Na twee rondes hield ik het ook voor gezien.

'Ja maar dat kan niet!' riep Connie verontwaardigd. Ze keek me met haar grote donkere kijkers geschrokken aan. 'Je hebt bijna niets. Kom, neem dan alsjeblieft dat medaillonnetje.'

Ik bespeurde met genoegen een spoor van schuldgevoel in Connies aandringen.

'Ik houd niet van medaillonnetjes. Ik vind ze zelfs lelijk,' spartelde ik nog tegen.

Mama had dat gouden medaillonnetje altijd om gehad. Het was het enige sieraad dat ik nooit mocht lenen. Toen ze gestorven was hadden de zussen getwijfeld of ze het af moesten doen.

De sluiting leek wel in de mangel te hebben gezeten. Het medaillon was niet te openen.

'Dat heeft ze toch van opa en oma gekregen voor haar achttiende?'

'Zoiets ja.' Connie keek naar Katrien en haalde haar wenkbrauwen op.

'Denk er maar even over na.'

Terwijl de zussen de rest onder elkaar aan het verdelen waren, liet ik het medaillon door mijn vingers glijden. Ik was eigenlijk wel benieuwd wat erin zat. Waarschijnlijk een fotootje van papa en Bart, haar lieveling.

Na vijf minuten had alles een bestemming gekregen.

'En Puck?'

'Ja, ik neem het.'

'Pfff, ze heeft bijna niets,' hoorde ik Connie tegen Bart zeggen toen ik de auto aan het inpakken was. Hij haalde zijn schouders op.

Ik genoot satanisch. 'Heus Con, ik ben tevreden met wat ik heb. Maak je geen zorgen.'

Ze bleef wat zenuwachtig achter mij aan lopen.

'Makkelijk hoor, ik kan alles nu in één keer meenemen. Succes met het leeghalen van het huis en de verdere afwikkeling.'

Het bezwaarde me niet dat ik ze met de troep liet zitten. Ze hadden mij er tot nu toe ook niet bij willen hebben.

Vlak na de Kiltunnel ging de autotelefoon.

Het was Connie.

'Puck, waar ben je?' Ik liet automatisch het gaspedaal los en manoeuvreerde de auto in de berm.

'Kun je nog terugkomen?'

'Waarom?'

'Er is iets niet goed gegaan. We vinden net een briefje aan de onderkant van het eiken kistje dat Kat zou nemen.'

'Bedoel je *het kistje met de gouden hoeken*?'

Connie lachte. 'Ja. Mama wilde blijkbaar dat jij dat zou krijgen.'

Ik haalde diep adem.

Binnen een kwartier was ik weer in Westmaas.

Katrien zat geknield tussen stapels oude studieboeken, terwijl Connie mama's garderobe doorliep. Bart pakte het kistje en toonde mij de onderkant. Inderdaad zat er een kattebelletje opgeplakt.

'Dit kistje is voor Puck, 15 december 2001.'

'Ik geloof dat er oude foto's in zitten,' zei Bart. 'Wil je het openmaken?'

Hij overhandigde mij het kistje. Het was zwaarder dan ik had verwacht.

'Poeh, het lijkt wel of er lood in zit. Nee hoor, ik neem het zo mee.'

Bart vergezelde me naar de auto. Hij maakte ruimte op de achterbank.

'Toch vreemd dat ze alleen hierop een naam heeft gezet,' mompelde hij.

'Misschien zit er wel een aanwijzing naar een schat in,' grapte ik terwijl ik instapte.

De lange rit naar Leeuwarden gaf mij gelegenheid tot denken.

Na papa's overlijden kreeg ik psychosomatische klachten. Dat uitte zich in slikproblemen.

Drie specialisten en een half jaar verder werd de diagnose gesteld. Ik ging in therapie.

Voor het eerst legde ik de ziel van mijn jeugd bloot.

Nu, acht jaar later, moest ik er op een andere manier weer doorheen. Ik zat met prangende vragen.

'Misschien kunnen ze je bij Trouw verder helpen,' had Kim gezegd.

De zoektocht naar het waarom zou een pijnlijke, emotionele ervaring worden. Dankzij mijn fotografisch geheugen, de encyclopedie van mijn leven, kon ik hieraan beginnen.

In eerste instantie dacht ik aan mijn broer en zussen. Gezien onze wankele verstandhouding leek me dat geen goede optie.

Connie deed voorkomen alsof zij als enige door mijn moeder in vertrouwen was genomen.

Maar wist zij werkelijk alles?

Had die oorlog mama zo veranderd? Waarom dan? Wat was er gebeurd?

Toen ze stierf haalde ik opgelucht adem. Ik voelde me eindelijk vrij.

Thuisgekomen trof ik Joep in diepe rust.

Zachtjes sloop ik naar boven en kroop achter mijn computer. Ik typte Lies de Wit.

De zoekmachine deed haar werk.

Al snel verscheen de site van ene Marius Kist, een historicus die het een en ander over 'Trouw in de oorlog' had gepubliceerd. Hij was mijn eerste aanknopingspunt.

Ongeduldig zocht ik naar bekende namen.

Woorden als verraad, SD, marteling, ultimatum, concentratiekamp en executie sprongen van het beeldscherm af. Het leek een spannend oorlogsverhaal.

Mama had mij hier nooit iets over verteld.

Aangeslagen las ik de gebeurtenissen van drieëntwintig Trouwmensen die, verspreid door het land, bijna gelijktijdig opgepakt waren. Ze waren berecht, ter dood veroordeeld en in Kamp Vught terecht gekomen. Daar waren de vonnissen op 9 en 10 augustus 1944 voltrokken.

Ik kreeg koude rillingen toen ik de lijst met namen las.
Eén naam kende ik.
Wouter Scherpenzeel.

9

Geheimen

Na het bombardement op Rotterdam moesten mijn grootouders hals over kop de stad verlaten. Ze vestigden zich in Amersfoort.

Lies ging zo lang mogelijk door in Leiden.

Toen de universiteit haar poorten sloot moest ze uitwijken naar Utrecht. Op de valreep wist ze daar nog haar kandidaats te halen.

In Amersfoort werd ze door Rotterdamse vrienden, onder wie de zwager van tante Greet, benaderd om voor Vrij Nederland kranten rond te brengen.

Wouter en Aafke Scherpenzeel waren in Amersfoort kind aan huis bij opa en oma.

Later, toen het huis in de gaten werd gehouden door de SD, brachten ze (evenals Lies) veel tijd door bij de ouders van tante Claartje. Die woonden ook in Amersfoort.

Vader Scherpenzeel was resident van Sumatra. Hij en zijn vrouw werden in de oorlog geïnterneerd. Ze overleefden het Jappenkamp.

Lies was sinds 1937, toen ze beiden in Leiden aankwamen, met Aafke bevriend.

Het werden koeriersmaatjes, eerst in de Achterhoek, later in Limburg.

Na verloop van tijd werd Aafke nerveus. Ze kon de spanning en haar angst niet de baas.

Haar broer Wouter stond erop dat ze stopte met het verzetswerk. Ze zou een gevaar voor zichzelf en de Trouwgroep zijn. Aafke gaf gehoor aan zijn advies.

Wouter nam haar plaats in.

'Op een keer moesten wij kranten ophalen in Apeldoorn. Dit deed ik met Wouter, die zijn eigen kranten later kreeg. Daarom hielp hij mij eerst.

Wij stapten in de trein naar Arnhem.

Wouter zag dat er controle was. Hij draaide zich om en siste: 'Het is mis, Lies. Maak dat je wegkomt.'

Wouter vloog daarop weg en werd op het perron gepakt.

Ik ben niet weggelopen maar juist ingestapt en door de trein gaan lopen. Dat is mijn geluk geweest want zo kon ik een andere politieman, die achter mij aankwam, van mij afschudden. Ik heb toen de pakken met kranten ergens in een bagagenet gesmeten en ben zelf verderop gaan zitten.

Plotseling dook mijn achtervolger weer op.

Toen moest ik wel uit de trein springen. Via een uitgang kon ik het perron verlaten.

Wouter is overgegeven aan de plaatselijke politie. Een kans om te ontsnappen liet hij voorbijgaan.

Gelukkig hoefde ik niets uit te leggen. Dat was mede te danken aan de onvoorwaardelijke vriendschap van Aafke en haar ouders.'

Het was een gebeurtenis waar ze goed over kon praten.

Mama's ogen misten de mijne.

Kort daarop werd Lies ook in Limburg gezocht en was een terugkeer naar de Achterhoek onvermijdelijk.

'Het hield op toen iemand een cafe in Roermond binnenliep waar ik geregeld kwam en riep: 'Is dat meidje van de blaadjes er al?''

Tot zover ging mijn kennis over haar verzetstijd. Ik kon vragen zo veel en zo vaak ik wilde, ze wimpelde het altijd af.

'Maar waarom dan niet?'

'Omdat ik er nu geen zin in heb,' snauwde ze me dan toe. Of: 'Het is zo pijnlijk voor papa.' Het laatste wat ik wilde was haar pijn doen, dus liet ik het rusten.

Soms kreeg ik even een voet tussen de deur.

'Waarom ging je in het verzet?'

'Ik was woedend over het bombardement. We pikten de bezetter niet. Het was helemaal niet dat ik heldhaftig wilde zijn. Het was een vanzelfsprekendheid. Je deed het gewoon.'

'Was je niet bang?'

'We hadden geen tijd om daarover na te denken. We waren druk met plannen maken. Er moest zoveel georganiseerd worden. Ik vloog van hot naar her. Daarom zijn we ook wel eens slordig en klunzig bezig geweest.'

Ze zei dat met een bepaalde nonchalance.

De vlag kon bij wijze van spreken na 30 april meteen halfstok. Begin mei was een periode van rouw.

Voor achten lag ik in bed.

Connie kwam op de rand van mijn bed zitten. 'Mama is verdrietig vanwege de oorlog. Ze heeft weer migraine en wil het liefst alleen zijn.'

Ik moest maar lief gaan slapen.

Mama zag ik niet. Meestal dook ze in bed zodra ze thuis kwam. Ze raakte snel geprikkeld door nieuws van buitenaf. Niemand deed het goed.

Alle commentaren irriteerden haar. Dat na de oorlog iedereen ineens in het verzet had gezeten, daar ergerde ze zich enorm aan.

'Idiotie, dat hele lintjesgedoe. Onze jongens zijn gevallen. Zal ik daar een lintje voor in ontvangst nemen?'

Bij het 'onze jongens' greep ze naar haar medaillon.

Ik had medelijden met haar, wilde lief voor haar zijn. Toen ik ouder werd zag ik de wanhoop in haar ogen.

Het waren zware dagen voor ons allen. Papa vestigde zijn aandacht grotendeels op mijn moeder. Hij pamperde haar.

Toch stelden we ons er makkelijk op in. Nooit is het bij mij opgekomen naar buiten te brengen wat zich bij ons thuis afspeelde. Ik wist niet beter.

De meidagen – zo ging dat nou eenmaal.

5 Mei.

De vlag werd wel weer vol uitgehangen. Buiten op straat was het feest.

Mama had het daar moeilijk mee. Ze kon die knop niet zo snel omzetten. Het duurde een paar dagen voor zij weer de draad kon oppakken. Het licht sprong op groen wanneer ze weer interesse kreeg in andere zaken.

10

Perikelen

Terwijl ik de volgende dag diep in gedachten verzonken voor het beeldscherm zat ging de telefoon.

'Met mij,' klonk het aan de andere kant.

'Ik kom net van de huisarts. Hij denkt dat het een spier is, maar een spierblessure voelt heel anders. Ik ga nu naar het ziekenhuis want ik vertrouw het toch niet.'

Er viel even een stilte.

'Hallo, ben je daar nog? Of zit ik tegen lucht te praten?'

'Sorry schat, ik was met mijn gedachten ergens anders. Wil je dat ik naar het ziekenhuis kom?'

Er klonk een aarzelend nee.

'Het zal wel niets zijn.' Het voorspelbare antwoord.

'Ik bel nog wel. Ben al bij het MCL.'

Ik sloot de pc af en vertrok naar het ziekenhuis.

'Waar kan ik mijnheer Grijpsma vinden?'

Een verpleegster met een zwaar Friese tongval verzocht mij haar te volgen. 'Uw man is net voor een echo gehaald. U mag wel naar hem toe, hoor.'

In een onderzoekskamertje lag Joep met de armen gekruist onder zijn hoofd naar een monitor te staren.

‘Het vonnis is al geveld, Puck. Trombose in de kleine aderen,’ zei hij zichtbaar opgelucht. ‘Ze gaan meteen met bloedverdunners beginnen.’

Een jonge vrouwelijke internist kwam instructies geven. Steunkousen laten aanmeten, afspraak maken met de trombosedienst en bloed laten prikken.

‘Dat laatste is een routineonderzoek. Internisten zijn dol op bloedjes.’ Ze lachtte om haar eigen humor.

Ondertussen noteerde ze alles in een kersverse status. ‘Misschien is het raadzaam ook eens naar die spataderen te laten kijken.’

Er verscheen een gemeen ‘zie je wel-lachje’ rond mijn mondhoeken.

‘Daar kan ook de dermatoloog niet omheen,’ grapte ik.

‘Leuk hè, kun je me weer betuttelen,’ beet Joep me toe.

Nog voor er een echtelijke ruzie losbarstte nam de internist afscheid. ‘Ik zie u volgende week op mijn spreekuur. Dan gaan we een plan de campagne maken.’

‘Mevrouw, denkt u dat u uw man kunt injecteren?’ vroeg een verpleegkundige die binnenkwam met een gevulde spuit. ‘Of wilt u dat zelf doen, mijnheer Grijpsma?’ ‘Geen denken aan,’ reageerde Joep geschrokken. ‘Dat kan mijn vrouw best wel. Die is dol op doktertje spelen.’

Ik hoopte dat de dubbelzinnigheid van die opmerking de verpleegkundige zou ontgaan.

‘Wilt u al meteen deze injectie geven?’ vroeg ze aan mij.

‘Lijkt me een goed idee, want dan kunt u zien of ik het goed doe.’

Ze schoof Joeps hemd omhoog en pakte een rolletje van de onderbuik.

‘Genoeg vlees,’ grapte Joep zenuwachtig.

'En daar gooit u de naald in. Het lijkt enger dan het is. U kunt niet veel fout doen, hoor.'

Ik nam het instrument van haar over. Als een volleerd spuitster drukte ik zachtjes de lucht eruit.

De verpleegster hoefde geen aanwijzingen meer te geven. Joep schoof braaf op zodat ik naast hem kon zitten.

De spuit legde ik als een pijltje tussen duim, wijs- en middelvinger. Ik pakte een klauw vlees waar de naald in moest.

'Au, verdomme Puck. Mag het een onsje minder? Je scheurt zowat mijn vel eraf.'

Ik nam een kleinere portie waar ik met één krachtige stoot de naald inzette.

Joep keek gespannen mee.

'Gaat goed, Puck.' Pareltjes zweet glinsterden op zijn voorhoofd.

'Doet het geen pijn?' vroeg ik terwijl ik de bloedverdunner erin spoot.

'Het brandt een beetje, maar ik vind je geweldig.'

Joep wist dat hij gedurende vier weken afhankelijk van mij was.

'Ga je mee,' vroeg hij de avond voor zijn bezoek aan de internist. 'Jij bent altijd goed in het doorvragen. Ik vergeet de helft.'

'Het was toch alleen een routine bloedonderzoek?' Samen naar de dokter had, tenzij het iets ernstigs was, iets onnozels.

Omdat Joep zo aandrong verzette ik mij niet.

In de wachtkamer van de internist kreeg ik het ineens benauwd. Op het naambordje boven de balie stond 'Dr. M.H. van Heeswijk, hematoloog.'

Papa was voor zijn leukemie zo'n twintig jaar onder behandeling geweest van een hematoloog.

Joep zat ontspannen de Leeuwarder Courant te lezen. Hij had mijn onrust niet door.

'Heb jij iets van pepermuntjes bij je,' vroeg ik. Tegelijkertijd verdwenen mijn handen in mijn jaszakken op zoek naar iets lekkers. Tot mijn verbazing haalde ik mijn moeders medaillon tevoorschijn.

Ik stootte Joep aan. 'Kijk, dit heb ik ook geërfd. Mooi lelijk hè?'

'Mijnheer Grijpsma?'

Wij veerden tegelijk op. Nadat we haar de hand hadden geschud volgden we de internist naar de spreekkamer.

'Gaat u zitten.'

Ze dook meteen in Joeps status. 'Hoe voelt u zich, mijnheer Grijpsma?' vroeg ze zonder haar patiënt aan te kijken.

'Eigenlijk heel goed, naar omstandigheden.'

'Hè?' Zijn ogen vroegen mij om bevestiging.

Ik knikte.

'Nou ja, die prikken zijn niet echt een pretje. Die steunkousen en al het gedoe eromheen zijn wat minder, maar ik voel mij goed.'

Dokter van Heeswijk reageerde niet op wat Joep zei.

'Mijnheer Grijpsma, de bloeduitslagen zijn tot mijn grote schrik niet goed. U heeft chronisch lymfatische leukemie. Dit is iets wat ik totaal niet had kunnen voorzien. Het spijt me zo.'

Het kwam er in één adem uit.

Voor mijn gevoel zaten wij minutenlang de arts aan te staren.

Wezenloos.

Het was alsof ik in een vacuüm werd gezogen. Ik werd misselijk.

Joep trok wit weg. Zijn mond stond open.

'We doen natuurlijk nog een extra test ter controle. Helaas kan ik u nu al verzekeren dat die geen ander beeld zal geven. Dit is het geheide beeld van een CLL.

Gelukkig zit u nog in het beginstadium.

Er bestaat ook geen verband tussen de trombose en de leukemie. Daarom was ik ook zo verbaasd toen ik de uitslag kreeg.'

Ik moest mijzelf dwingen goed naar haar te luisteren.

Joep zat voorovergebogen en wreef hard in zijn handen. Uit alle macht probeerde hij zijn tranen te bedwingen. 'Een man huilt niet,' was hem als kind door zijn ouders ingepeperd.

Even raakte hij mijn uitgestoken hand aan. Ik wilde bij hem op schoot kruipen.

Maar intimiteit leidde onherroepelijk tot een emotionele uitbarsting. Dus duwde hij mijn radeloosheid zachtjes weg.

'Weet U wat CLL is?'

Joep knikte.

'Ja, mijn vader heeft het gehad,' antwoordde ik. 'Maar mijn moeder was arts.'

Waarom voegde ik dat eraan toe?

'En hoe gaan we verder?' Joeps vraag klonk zakelijk, alsof het een bedrijfsplan betrof. Terwijl hij en de arts verder spraken raakte ik in de mist de weg kwijt.

Ik wist wel wat de prognose was.

Ongeneeslijk.

CLL is een sluipmoordenaar. Hij laat je lang met rust, maar slaat vroeg of laat toe.

Je weerstand brokkelt langzaam af. Leukeran is een tijdelijke opkrikker, maar uiteindelijk bezwijk je aan complicaties.

Dit ging niet over mijn man. Mijn moeder was net twee maanden dood. We waren in de verkeerde trein terecht gekomen.

'Mevrouw, hoe voelt ú zich?'

Ik schrok op.

'Godverdomme. Dat is het, godverdomme.'

Toen begon ik onbedaarlijk te huilen.

Het spreekuur ging door.

Joep maakte een nieuwe afspraak, voor de rest van zijn leven.

Pas in de parkeergarage zei hij iets. 'Ik ga naar kantoor. Vertel jij het alsjeblieft aan Carel. Ik kan het niet.'

Troosten kon ik hem op dat moment niet.

Ik liep mee naar zijn auto. Daar gaf ik hem een lange hartstochtelijk kus op zijn mond terwijl ik zijn hoofd als een glazen bol in mijn handen hield. 'Zul je voorzichtig rijden?'

We omhelsden elkaar.

Ik wachtte tot hij de garage was uitgereden.

Toen ik de sleutels uit mijn tas wilde pakken viel het medaillon uit mijn rechterhand. Het had een rode afdruk in mijn handpalm achtergelaten.

'Stom ding,' mompelde ik terwijl ik het weer in mijn jaszak liet glijden.

11

Vragen

'Mam, waar is *het kistje met de gouden hoeken* eigenlijk gebleven?'

Hoewel ik regelmatig tegen het gemis van het intrigerende kistje was aangelopen, had ik er nooit naar gevraagd.

Na het eten viel de ballast van de werkdag en het koken van haar af en kon ze zich ontspannen.

We zaten samen aan tafel. Mama rookte haar sigaretje.

Papa speelde *Don't fence me in.*

'Mamaatje...,' zeurde ik. Ik schudde aan haar hand.

'Het kistje is bij oom Hans. Daar hoort het sowieso. Hij heeft het van opa en oma geërfd. Het heeft hier maar tijdelijk gestaan.'

'Waarom?'

Mijn moeder keek mij geïrriteerd aan. Ze drukte haar peuk in de asbak uit en maakte aanstalten om op te staan.

'Laten we nou even praten, mam.'

Toen ze achter haar stoel stond twijfelde ze even. 'Dat kistje is van oom Hans. Punt uit.'

'Waarom stond het dan hier,' vroeg ik weer.

Ik zag haar denken. 'Dat kistje heb ik in de oorlog van opa gekregen. Ik bewaarde er papieren en documenten van Trouw in.

Ze onderbrak haar verhaal en staarde voor zich uit.

Dankzij papa's muziek viel er geen stilte.

'Nadat Wouter was opgepakt wist ik dat ze ook mij zochten. Hij zou doorslaan en mijn vaste adres doorgeven. Daarom moest ik iedere nacht ergens anders slapen. Het kistje was weliswaar zwaar maar toch makkelijk vervoerbaar.

Ik had opa beloofd dat het na de oorlog naar Hans zou gaan. Die belofte ben ik veel te laat nagekomen.'

'Wat heb je met die papieren van Trouw gedaan?'

Ze schudde haar hoofd. 'Door het ongeluk in 1945 ben ik veel kwijtgeraakt.'

Papa had een BMW-motor. Een Jeep, met een dronken Canadees aan het stuur, reed ze aan. Mijn moeder liep daarbij een schedelbasisfractuur op.

Ze begon de tafel af te ruimen. Het verwonderde mij dat ze mijn hulp niet inriep.

'Wat is er toch met dat kistje? Je doet er altijd zo geheimzinnig over.'

De muziek stopte.

'Heb jij geen huiswerk te maken, tante?' Papa liet de klep van de piano met een knal dichtvallen.

Het was een signaal. Ik verdween naar boven.

Vanaf mijn twaalfde kookte ik voor het hele gezin. Ik was op een leeftijd dat ik alleen met papa en Katrien thuis kon blijven.

Het leek mij voor mijn moeder een uitgelezen kans om eens alleen op stap te gaan.

Integendeel, ze vroeg mij regelmatig mee op haar herfsttripjes.

‘We gaan eerst twee dagen naar Epe. Ik zal oma vragen een gastenkamer voor ons te reserveren. Daarna gaan we naar de Achterhoek.’

Opa en oma Rotterdam waren, toen opa gepensioneerd was, verhuisd naar een serviceflat in het Gelderse Epe. Opa was kort daarop plotseling overleden.

Oma vond het heerlijk wanneer wij kwamen. Mama ging meestal met haar kleren kopen. We namen haar mee uit eten, bezochten het graf van opa en we wandelden veel in de bossen.

Na twee dagen werd het tijd om op te stappen.

Mijn moeder kreeg de kriebels. Oma begon haar te irriteren.

Ze drukte de oorlog weg, maar Eibergen bleef trekken. Minstens één keer per jaar wilde ze er naartoe.

We logeerden bij de Wentinks in het dorp.

Ze hadden een winkel in elektrische apparaten.

Als het niet te druk was mocht ik tante Janna helpen met vakken vullen. Ik liet wel eens een gloeilamp vallen, maar ze had een engelengeduld.

We ontkwamen niet aan een bezoek aan de boerderij van Van Heel. Die was, op de bewoners na, nog exact hetzelfde als in de oorlog. De jongste zus van tante Janna woonde er nu.

‘Gaan jullie er maar een kopje koffie drinken, dan zie ik jullie vanavond wel weer voor de broodmaaltijd,’ opperde ze.

Vanuit de voorkamer, waar het leven zich afspeelde, liep je zo de koeienstal in. Het stonk er naar mest. Die lucht benam mij alle eetlust.

Een blik op het plaklint boven de eettafel was voor mijn moeder en mij genoeg om het bij een kopje koffie met een droog biscuitje te laten.

Dat plaklint werd in het voorjaar opgehangen. In december werd het vervangen door een rode kerstklok.

Geregeld viel er een vliegenlijkje op de tafel, waarschijnlijk verstoten door een nieuw slachtoffer.

Mama, die normaliter haar koffie met melk dronk, vroeg ditmaal om zwart. Ze kreeg kotsneigingen wanneer ze de melkkoker op de kachel zag staan. Niet alleen griezelde ze van de vette koeienmelk, ook wist ze me te vertellen dat er een centimeterdik vel op zat waar vliegen zich graag in nestelden.

'Van oma Van Heel moest ik dat in de oorlog opeten.'

Het aanbod om een nachtje te blijven slapen, sloeg ik af. De voorstelling die ik had van de boerderij als schuilplaats in de oorlog beangstigde mij nog steeds.

Mama noemde de familie Wentink 'een goed gereformeerd ARP-gezin'.

Oom Joop bad aan tafel hardop voor. Eerst werd er een spreuk van een soort christelijke scheurkalender opgelezen. Vervolgens sprak hij zelf een gebed uit waarin wij genoemd werden. Of Onze Lieve Heer maar over Lies en de haren wilde waken.

Mijn handen hield ik zo hard in elkaar geknepen dat ze begonnen te tintelen. Met mijn ogen gesloten riep ik het hardst: 'Amen'. Ik was er heilig van overtuigd dat God mij hiervoor zou belonen. Mama glimlachte en gaf mij een knipoog.

Eibergen associeerde ik met de oorlog.

De mystieke relatie tussen mijn moeder en de Achterhoek fascineerde en beangstigde mij. Ze riep vragen op die ik niet durfde te stellen.

Toen prinses Beatrix haar verloofde Claus in 1965 aan het volk presenteerde, was het gedaan met de pret. Mijn moeder was woedend.

Wekenlang liep ze sputterend door het huis. 'Hoe kan Juliana dit laten gebeuren? Zijn ze nou helemaal gek geworden.'

Vooral toen de koningin zei: 'Gelooft u mij, het is goed,' ontplofte mijn moeder.

'Het is helemaal niet goed. Het is heel erg fout. Ze zijn niet te vertrouwen. Het is puur verraad. Zijn onze jongens daarvoor gevallen?!'

Dat zei ze altijd wanneer ze boos was om iets wat met de oorlog te maken had. Ze greep dan naar haar medaillon.

Iedereen en alles in de residentie en het koningsgezinde Kralingen moest het ontgelden. 'Stelletje slappelingen.'

Papa legde direct zijn voorzitterschap van de OVRO neer.

Op de Kralingsche school werden allerlei festiviteiten georganiseerd.

Mama verbeet zich toen ze dat hoorde. 'Geen enkel kritisch geluid?'

De burgerlijke ongehoorzaamheid in Amsterdam op de huwelijksdag kon wel haar goedkeuring wegdragen.

Haar laatste beetje Oranjegezindheid verdween. Het maakte plaats voor wrok.

Ik deed met grote tegenzin mee met de festiviteiten. Grotendeels uit angst dat ik anders weer het buitenbeentje zou zijn. Bang om gepest te worden.

De Koninklijke stoet kwam ook door Kralingen. Onze school stond met oranje vlaggetjes langs de route.

Het bezoek van de Japanse keizer Hirohito en het debat over de Drie van Breda waren eveneens dieptepunten.

Mama was getergd. Ze ondertekende iedere protestbrief die ze onder ogen kreeg.

'Hoe halen ze het in hun hoofd? Schandalig. Wat doen ze ons aan? Slap zooitje.'

Zodra ze thuis kwam zette ze de televisie aan. In die tijd kon ik rustig met onvoldoendes thuis komen.

Zo nu en dan liet ze zich iets ontvallen.

In haar Trouwtijd had ze veel informatie gekregen. Haar verhalen over Kotälla met zijn herdershond op het station van Amersfoort waren nieuw en schokkend.

Dat bleek trouwens een gevaarlijke stad. Er werd tot en met gecollaboreerd. Ook het huis van opa en oma werd in de gaten gehouden door de SD.

Ze had er in 1944 niet eens Kerstmis kunnen vieren.

Het verraad lag op de loer.

'Onze jongens zijn ook verraden. Dat weet ik zeker.'

Ze greep naar haar medaillon.

'En nu worden ze dat weer. Door die katholiek en die slappe Juul.'

Iedereen die niet keihard tegen amnestie was, kreeg er ongenadig van langs.

Anneke Goudsmit was de woordvoerster van D'66. Zij was joods. Zij begreep het.

De woordvoerders van PSP, CPN en andere linkse partijen waren ook goed.

Ze schrok toen Lou de Jong met zijn bevindingen over Willem Aantjes naar buiten kwam. Mama had geen hoge pet op van De Jong. Zijn verhalen strookten volgens haar niet met hoe het echt was gegaan bij Trouw.

De Jong was rood. Hij had niets op met het gereformeerde verzet. Daarom was er een ondermaats stukje over Trouw verschenen in zijn boek 'Het Koninkrijk der Nederlanden in de Tweede Wereldoorlog'.

Mama en Els Versloep hadden geprobeerd met hem in gesprek te komen.

Tevergeefs.

Verder dan zijn secretaresse waren ze niet gekomen.

De zaak Aantjes was iets anders. Door haar boosheid kwam ze zo nu en dan wat ongenuanceerd over. Ze had een haat-liefdeverhouding met de krant. Mama voelde zich bedonderd. Als hoofdschuldige wees ze de eerste naoorlogse hoofdredacteur van Trouw aan.

'De Wit Jansen heeft het zeker geweten,' zei ze verbeten. 'Hoe heeft hij toe kunnen staan dat die Aantjes zo'n prominente rol kreeg binnen de ARP.'

Nadat bleek dat Aantjes ten onrechte tot persona non grata was veroordeeld, zweeg ze in alle toonaarden. Ze bleef wantrouwend. 'De Wit Jansen heeft meer op zijn kerfstok. Onbetrouwbare opportunist.'

Ik begreep niet waar dat op sloeg, maar vroeg niet door.

In 1958, na de inval in Hongarije, overwogen mijn ouders serieus om naar de VS te emigreren. Na lang wikken en wegen besloten ze toch in Nederland te blijven. Mijn moeder was nog aan het afstuderen en mijn vader was in die tijd ernstig ziek.

Ook de situatie in het Midden-Oosten baarde haar grote zorgen. Wanneer het weer dreigde te escaleren zat Wereldoorlog Drie eraan te komen.

Na 1945 was de wereld onrustig gebleven. Vrede was een utopie. Dat maakte haar cynisch en sceptisch. Nooit heb ik haar horen zeggen: 'Het zal wel loslopen.'

Ze liet zich ook bij vrienden en kennissen niet onbetuigd. Rood aangelopen maakte ze haar doemscenario bekend.

De jongste kinderen werden de kamer uit gestuurd. Achteraf hoorde ik van de ouders dat ze mijn moeders uitlatingen te bedreigend vonden.

'Ze maakt de kinderen bang.'

Op zondag luisterden we steevast naar G.B.J. Hilterman. Daar werd je ook niet bepaald vrolijk van.

Wanneer ik haar vroeg of ze weer in het verzet zou gaan antwoordde ze: 'Puck, dat bedenk je niet van tevoren. Dat overkomt je.'

12

Verwarring

De maanden na die jobstijding waren chaotisch en verwarrend.

Joep ging meteen allerlei zaken regelen. Het leek alsof hij binnenkort zou sterven. Als een olifant door de porseleinkast werkte hij zijn plannen uit. Zelfs zijn succesvolle carrière werd aan de wilgen gehangen. Hij verkoos een baan van negen tot vijf, zonder managementtaken.

'Ik wil met vakantie kunnen wanneer ik dat wil, zonder mij zorgen te maken over hoe het op kantoor gaat. Ik wil ook af van al die nevenfuncties en dito activiteiten. Ik wil geen verplichtingen meer in mijn vrije tijd.'

De bank was zeer welwillend. Het werd, waar wij de voorkeur aan gaven, Rotterdam.

Het idee dat hij verder behandeld zou worden in de Daniel den Hoedkliniek gaf hem rust.

Joep temperen werkte averechts. 'Je bagatelliseert.'

Joep tegengas geven werkte evenmin. 'Je begrijpt het niet. Je voelt niet wat ik voel.'

Joep naar de mond praten viel verkeerd uit. 'Ik ga nog niet dood hoor.'

Zo nu en dan was ik ten einde raad. Op die momenten verlangde ik, gek genoeg, naar mijn moeder. Tegelijkertijd wist ik dat zij mijn gevoelens als zweverig zou afdoen. Tijdens papa's ziekte was ze altijd dokter Verbeek geweest.

Terwijl ik de auto de garage uitreed stopte er een busje voor de oprit. Ik stapte uit en liep een man in een grijze overall tegemoet.

'Mevrouw Grijpsma?'

Ik knikte.

'Ik heb een pakje voor u. Als u hier even wilt tekenen.'

Ach, ja natuurlijk, de dvd voor Carel. Die had ik maanden geleden via internet besteld. Was ik domweg vergeten.

Overrompeld ging ik in mijn jaszak op zoek naar een potlood. Ik voelde het medaillon door mijn vingers glijden. De postbode bood mij zijn pen aan. Opgelucht dat Carels cadeau was gearriveerd tekende ik blindelings voor ontvangst.

Een week later was hij jarig.

Er zouden vrienden uit Amsterdam naar Leeuwarden komen. Omdat Carel en Joep 's middags aan een golfwedstrijd meededen, zou ik ze van het station halen.

Ik snuffelde door mijn garderobe en koos voor een zwartzijden jurk.

Papa had mama altijd graag in het zwart gezien. Hij vond dat gedistingeerd en stemmig.

In de V-hals zou het medaillon prachtig uitkomen.

Dus liep ik naar de gang om het collier uit mijn jaszak te pakken. Op dat moment ging de telefoon.

Scooby begon onverwacht te blaffen. Van schrik liet ik de hanger vallen.

Net op tijd wist ik de telefoon te bereiken.

‘Dag lieve kind,’ klonk de rustige stem van tante Claartje. ‘Gefelici…’

‘Momentje tante Claar, ik kan u nauwelijks verstaan, Scooby is door het dolle.’

‘Scooby… foei, sst.’ De hond reageerde onmiddellijk en ging grommend liggen.

In de tuin zag ik een kat lopen.

‘Normaal blaft ze nooit. Daarom schrok ik en nu heb ik verdorie mama’s medaillon laten vallen.’

Het was stil aan de andere kant. Ik hoorde mijn tante zuchten: ‘Ach ja, het medaillon.’

‘Gaat het verder wel een beetje met je, Puck? Al die emoties.’

Ik moest even slikken.

‘Tante Claar, weet u wat er met dat kettinkje is gebeurd? Er zitten butsen en krassen in en ik kan het niet open krijgen.’

‘Dat is niet zo vreemd hoor. Het is ook al zo oud.’

‘Hoe oud?’

‘Precies weet ik dat niet, maar ze had het al toen ik haar leerde kennen.’

‘Dat was toch in de oorlog? U hebt oom Hans toch pas in de oorlog leren kennen op het gymnasium in Amersfoort?’

‘Uh, ja dat klopt.’

Mama had het dus niet van papa gekregen. Was het dan toch een verjaardagscadeau van opa en oma geweest?

‘Ik ga nu mijn dutje doen. Vanavond komen de kleinkinderen eten. Dag lieverd, nog een gezellige dag en de groeten aan je mannen.’

In de gang, op de glimmende zwart marmeren vloer lag het gouden medaillon.

Open.

Ik pakte het op. Aan de buitenkant zag het er nog gehavender uit. Het slotje was nu echt kapot. De twee ovale miniatuur fotolijstjes waren leeg.

Onder het bedlampje kon ik het sieraad beter bekijken. Het leek wel alsof er iets in het goud gekrast was.

Een getal.

Ik liep naar de zitkamer om het ergens op te schrijven.

De telefoon ging weer.

'Dag mevrouw, met Gonneke. We zijn op het station en staan op het punt om de bus te nemen. Ik dacht voor de zekerheid even te bellen.'

'Uh, ja... Nee, je hoeft niet met de bus te komen. Jullie hotel is tegenover het station. Als je nu eerst gaat inchecken, dan kom ik jullie daar over een half uur halen.'

Ik hoorde dat mijn stem niet vriendelijk klonk. Gepreoccupeerd.

Nadat ik de hoorn op de haak had gelegd zocht ik pen en papier om dat onbekende getal op te schrijven. 15341.

Het papiertje ging met het medaillon in mijn bijouteriedoosje.

Het gouden Wilhelmina Vijfje van oma Rotterdam, dat ik ook geërfd had, was een mooi alternatief.

De avond was gezellig.

We aten bij de Bourgondiër, waarna de jongelui de stad ingingen.

Thuis ploften Joep en ik doodvermoeid op de bank.

'Daar ligt nog een cadeautje op tafel.'

'Shit, ja. Weer vergeten. Dat is die dvd.'

'Je loopt ook tegen de vijftig, Puck. Dan krijg je dat.'

Hij kneep me in mijn zij.

'Is dat een nieuw kettinkje?' Hij hield het muntje in zijn hand.

In het kort vertelde ik wat er die middag was gebeurd.

'Als je maar onthoudt dat je dat briefje ook in je bijouteriedoos hebt gedaan.' Hij kuste mijn nek.

'Nu is Carel alweer drieëntwintig,' zei ik melancholiek. 'Weet je nog waar we hem gemaakt hebben?'

'Ja, dat weet ik nog. De dag dat jij thuiskwam uit het ziekenhuis na die neusoperatie. In Heerhugowaard. Op die vreselijke synthetische vloerbedekking in de zitkamer.'

'Eerste schot, een haas,' fluisterde hij terwijl zijn hand onder mijn rok verdween.

Ik kreunde.

'Een en al passie, Puckje. Een en al passie.'

Tijdens de zondagsbrunch maakte Carel mijn cadeautje alsnog open. Hij boog voorover en fluisterde in mijn oor: 'Is het wat ik denk dat het is?'

Ik lachte. 'Dat mag ik hopen.'

Er kwam een zwarte dvd-doos tevoorschijn.

Verbaasd keken we elkaar aan.

'Nieuwste versie?' vroeg Carel.

Nog voor ik iets terug kon zeggen vroeg Joep: 'Is er nog sap, Puck?'

Carel legde de doos naast zijn bord en haalde jus d'orange uit de keuken.

Nadat wij de meute hadden uitgezwaaid en ik de brunchtafel afruimde, zag ik dat hij de dvd vergeten was.

'Het heeft dus niets met leeftijd te maken, Joep. Er rust gewoon geen zegen op.'

13

Isolement

Nooit heb ik mij in Kralingen thuis gevoeld. Het huis in de Oranjelaan was een enorm pand van vier verdiepingen. Het had twee voordeuren.

Wij woonden in het benedenhuis. De bovenste twee verdiepingen werden verhuurd. Mijn moeder ergerde zich mateloos aan de wat sjofeltjes uitziende familie met wie regelmatig gepraat moest worden over achterstallig onderhoud, geluidsoverlast of fietsen die in de weg stonden.

Wanneer ze weer eens ging klagen over geluidsoverlast werden wij als reden gebruikt. 'De kinderen kunnen niet slapen.'

Aan de overkant stonden huizen zonder bovenwoning. Wij gingen ervan uit dat daar meer geld zat dan aan onze kant. Op zich waren het vriendelijke mensen die elkaar op straat altijd netjes begroetten en zo nu en dan een praatje maakten.

Mama wist wie goed of fout was geweest in de oorlog. Geen idee hoe ze daarbij kwam.

Van twee families was een NSB-verleden algemeen bekend. Als ik ze in de verte zag, schoot ik bij voorbaat de straat over om ze niet te hoeven begroeten.

Er was een katholieke familie waarmee wij nauwelijks omgingen. De kinderen gingen naar een katholieke school, een katholieke sportclub en ze verkeerden in hun eigen katholieke kringetje.

In verkiezingstijd hing er een KVP-affiche voor het raam.

Bij voorkeur deed mijn moeder boodschappen bij niet-katholieke winkeliers.

Totdat die ene KVP-familie – begin jaren zestig – een groot verdriet overkwam. Hun jongste dochter Thea, die Katrientjes leeftijd had, kreeg leukemie. Nadat ze was uitbehandeld kwam ze thuis om te sterven.

Mijn moeder voelde erg mee met de familie. Ze liet Katrien bij Thea spelen.

Daar werd in de laan afkeurend op gereageerd. Kinderen moest je weghouden van zoiets gruwelijks als de dood. Dat kon Katrien niet aan.

Mama hield echter voet bij stuk: mijn zus bleef opgewekt met haar Barbies naar Thea gaan.

Tot het bittere eind.

Op nummer 8a woonden Kees en Joke van den Heuvel.

Op achtjarige leeftijd belde ik, na schooltijd, spontaan bij hen aan. Boven werd een raam opengeschoven en een lachend gezicht keek op mij neer. 'Dag, vertel het eens.'

'Dag mevrouw, ik ben Puck Verbeek. Ik heb gehoord dat hier een baby is geboren. Mag ik komen kijken?'

De deur werd opengedaan. Die deur is ook nooit meer dichtgegaan.

Nummer 8a werd mijn toevluchtsoord.

Toen opa Egmond stierf was ik intens verdrietig. Bart en Connie waren als enige kleinkinderen bij de begrafenis aanwezig. Ik wilde ook mee, maar mocht niet.

Tot overmaat van ramp werd ik ondergebracht bij vrienden, bij wie ik mij allesbehalve thuis voelde.

En plein public werd ik op mijn vingers getikt. 'Is één plakje kaas niet voldoende, Puck?'

De hap schoot in het verkeerde keelgat.

Na school vluchtte ik naar 8a waar ik huilend, op de schoot van Joke, mijn moeder opbelde.

Die reageerde woedend. 'We hebben nu wel wat anders aan ons hoofd, Puck. Je brengt me weer in verlegenheid, dame.'

Toen ik niet meer uit mijn woorden kon komen nam Joke de hoorn over. De aderen in haar hals zwollen op.

Was ze bang? Of was ze boos?

Een uur later stond mijn koffertje in de logeerkamer van 8a.

'Nee moe, dat mag Puck niet hebben. U brengt haar in verleiding, dat moet u niet doen.'

Oma Egmond nam met Sinterklaas altijd chocoladeletters en marsepeinen worsten mee. Oma Rotterdam bakte kokosmakronen in de vorm van letters.

Helaas begon ik in de vijfde klas van de lagere school harder in de breedte dan in de lengte te groeien.

Mijn moeder verbood mij alle lekkers. Oma's lekkernijen werden zonder blikken of blozen afgepakt.

'Moe, u weet dat u dat spul niet voor Puck moet kopen.'

Mijn vader zat zich overduidelijk te verbijten, maar hield zijn mond.

'Ach, als ik iets voor de anderen koop kan ik Puck toch niet passeren? Eén keertje mag toch wel? Het is tenslotte feest.'

Oma stribbelde moedig tegen, maar mijn moeder bleef onverbiddelijk.

De kokosmakronen bevatten volgens mama minder suiker en vet. Daar mocht ik er wel een van hebben.

Weer zocht ik het illegale circuit op. Ik ging stiekem snoepen.

Papa had altijd losse munten in zijn broekzak.

Tussen de middag liepen we naar de snoepwinkel van de oude mijnheer Van der Loo. Daar kochten we voor zo min mogelijk geld zoveel mogelijk snoep.

Ik kocht de pesterijen af met snoep. In ruil voor een handje zwart-wit werd ik met rust gelaten.

Wanneer wij eters kregen, zei mijn moeder hardop dat ze omwille van Puck mager had gekookt. Het klonk als een verontschuldiging die mij wanhopig maakte.

Wel werd er uitgebreid met hapjes geborreld.

Bij de koffie kwam een rijkelijk gevulde bonbonschaal op tafel.

'Moet jij niet aan je huiswerk, tante?'

Of het lekkers ging gewoon mijn neus voorbij. 'Puck, neem maar een appel.'

Nou hoefde je niet bang te zijn dat je van mijn moeders 'kooksels' direct vet werd, laat staan van haar magere maaltijden. Ik barstte van de honger. Stiekem zat ik op de wc met een fles cola. In mijn bed had ik een zak chips verstopt.

Werd ik bij anderen te eten gevraagd, dan informeerde mama vooraf wat de pot schafte. Mijn vriendinnetjes vonden dat nogal merkwaardig. Goede bekenden en familie waren er snel aan gewend. 'Puck mag niets lekkers hebben.'

Veroordeeld tot lijnen. Veroordeeld door mijn moeder.

Het ergste was de schaamte. Voor wie?

In de zesde klas werd ik voor het eerst ongesteld.

Mijn moeder moest een briefje schrijven wanneer ik niet kon zwemmen. Ze vond dat ik in eerste instantie mijnheer Koekam zelf moest vertellen dat ik 'menstrueerde'. Dat klonk beschaafder dan 'ongesteld zijn'.

Na schooltijd, toen iedereen weg was, durfde ik hem aan te spreken. 'Uh, mijnheer... ik menstrueer en kan dus morgen niet zwemmen.'

Hij keek mij verbaasd aan. Er verscheen er een blos op zijn wangen.

'Dan moet je moeder een briefje schrijven, Puck.'

'Mijn moeder vindt het onzin om hiervoor briefjes te schrijven.'

In zijn 'neen' was geen beweging te krijgen. Met die boodschap ging ik weer naar huis.

De volgende dag liep mama, opgewonden, met mij mee naar school. Ik kon haar grote stappen nauwelijks bijhouden.

Ik verschanste mij achter haar rug. Mijnheer Koekam durfde ik niet aan te kijken.

'U geeft les aan beginnende pubers. Want dat zijn zesdeklassers, mijnheer Koekam. Dan krijgt u hier onvermijdelijk mee te maken. Puck zal toch niet de enige zijn?'

Ze keek hem afwachtend aan.

Koekam kreeg weer een rood hoofd en knikte.

De briefjes waren verleden tijd.

'Mocht u twijfelen aan de oprechtheid van Puck, dan belt u maar.'

Koekam lachte zuinig.

Toen ze de school uitliep keken mijn klasgenoten nieuwsgierig toe.

Ik kreeg een vluchtige zoen op mijn wang. Haastig baande ze zich een weg door de kindermenigte. 'Haar' kinderen wachtten op haar.

De meisjes uit mijn klas wilden weten waarom mijn moeder op school was geweest.

Over de lichamelijke veranderingen die gepaard gaan met de pubertijd sprak je zelfs met je beste vriendin niet. Wat verlegen zocht ik naar uitvluchten.

Evenals hockeyen en tennissen bij Victoria was het kamp van de Vrije Jeugdkerk een absolute 'Kralingse must'.

Het woord kamp had in mijn oren een nare klank. Onwillekeurig associeerde ik het met de oorlog.

De anderen waren enthousiast over de VJK.

Hoewel?

Connie was enigszins terughoudend. Ze waarschuwde voor de onwereldse regels. Geen contact met het thuisfront. Ook mochten we onder geen beding contact zoeken met het jongenskamp. Dat werd dus een uitdaging.

Het was verboden te vloeken of modeliedjes te zingen.

Vooral 's avonds bij het kampvuur zat ik glazig voor mij uit te kijken. De heimwee sloeg genadeloos toe. 's Nachts in mijn slaapzak huilde ik mijzelf zachtjes in slaap.

Bijbelkennis had ik niet. De terugkerende beelden van de gelovige Mientje wakkerden mijn verdriet alleen maar aan.

Mijn moeder verzekerde mij dat het goed was voor mijn algemene ontwikkeling.

Op zondag fietsten we in een lang lint naar de kerk in Ommen. Ouders mochten hierbij aanwezig zijn. De mijne waren nooit op zo'n ouderdag verschenen.

Ik was uitgekozen voor het koor.

Terwijl wij *Komt nu met zang* zongen stroomde de kerk vol met familieleden.

Plotseling liepen mama en Connie langs mij. Door stomheid geslagen raakte ik mijn tekst kwijt.

Connie gaf mij een knipoog. Mama keek stuurs voor zich uit.

Na de kerkdienst gingen ze mee naar het kamp. Daar werd iedereen gefêteerd op chocolademelk. Mama griezelde toen ze de emaillen kroes in haar handen geduwd kreeg. Ik hoorde haar iets lelijks tegen Connie smoezen.

Tijdens de wandeling hield ze mij even staande. 'We zijn nota bene opgebeld.'

Haar verbeten stem ging als een messteek door mijn ziel.

Cora, de hoofdleidster, had zich zorgen over mij gemaakt. Mijn verdriet was niemand ontgaan. Na onderling overleg had de leiding besloten mijn ouders in te lichten.

'Wat moet ik nou met je?' vroeg mijn moeder.

'Wat een afgang als je mee naar huis gaat! Het duurt nog maar een paar dagen.'

Snikkend probeerde ik tegen haar aan te kruipen.

Ze duwde me weg. 'Stel je toch niet zo aan. Je maakt jezelf en mij belachelijk.'

Cora keek op een afstand toe. Bij het afscheid sprak ze mama kort aan.

Connie probeerde mij te troosten. 'Even volhouden, Puckje.'

Had zij mama overgehaald samen te komen?

Mijn moeder leek wat milder na haar onderonsje met Cora. Ze droogde mijn tranen met haar warme zakdoek. 'Nog een paar dagen, schat,' zei ze terwijl ze mijn neus met de zakdoek dichtkneep. 'Snuiten!'

Ik rook l'Air du Temps. Het luchtje van thuis.

In 1967 slaagde ik voor het toelatingsexamen.

De schoolkeuze was voor de hand liggend. Evenals Bart en Connie zou ik naar het Rotterdamsch Lyceum gaan.

Heerlijk vond ik het. Eindelijk was ik bevrijd van de Kralingse krengen. Die gingen bijna allemaal naar het Montessori Lyceum.

Dat ik een preutse, onwetende puber was werd pijnlijk duidelijk toen mijn eerste vriendje Boudewijn mij wilde zoenen.

Hij was drie jaar ouder, Katrientjes leeftijd dus. Dat vond ik eigenlijk erg oud.

Wij fietsten vaak samen van school naar huis, naast elkaar over de Maasboulevard. Halverwege pakte hij mijn hand. Zodra we Kralingen binnenreden lieten we elkaar los. We spraken onze verliefdheid niet uit.

Thuis keken ze lacherig toe. 'Kleine Puck heeft een vriendje. Wat schattig.'

Toen werd ik opgenomen met die nabloeding. Mijn moeder vertelde dat ze Boudewijn in de Verkadewinkel was tegengekomen. Hij had durven vragen hoe het met mij ging.

Diezelfde middag had hij een liefdesbriefje in de bus gedaan.

Helaas eindigde de liefde abrupt toen hij me op een schoolfeest plotseling zoende.

Plat op mijn mond.

Ik schrok en worstelde me los uit zijn omhelzing.

Toen hij bovendien zei dat hij me lief vond, rende ik in paniek weg.

De zussen schaterden toen ze het hoorden.

Ik vond mijzelf een enorme schlemiel.

Mijn moeder haalde haar schouders op. 'Kind, je bent nog zo jong, er komen nog genoeg jongens op je pad.'

Maar daar twijfelde ik aan.

Halverwege de brugklas werd het duidelijk dat niemand wist welke richting ik op moest.

De rector adviseerde mijn ouders mij te laten testen. Het was wel duidelijk dat ik een alfa was.

Wiskundebijlessen baatten niet. Mama zei dat ze dat erg jammer vond. Haar droom, mij medicijnen te zien studeren, ging in rook op.

Ik vond het allemaal vooral buitengewoon gezellig op school.

Na een lange schooldag gingen wij naar een psycholoog. Ik was moe en had er helemaal geen zin in. Mijn moeder voerde het woord.

Tijdens de testjes was ik alleen met de psycholoog. Om tien uur zat ik nog naar vage inktvlekken te staren, die alleen maar vager werden. Tamelijk geïrriteerd raffelde ik de opdrachten af.

Voor de evaluatie en uitslag moesten we een week later terugkomen.

Qua intelligentie zou ik het gymnasium aankunnen. 'Maar dan moet je wel willen werken.' Daar zette de psycholoog terecht een vraagteken bij.

'Puck, je bent niet echt ambitieus. Althans, niet op dit moment.'

Wij zwegen beiden tijdens de rit. Vanuit mijn ooghoeken kon ik mama's bewolkte gezicht zien. Ze mompelde iets onverstaanbaars. De gedachten waarin zij diep verzonken was kon ik lezen.

Oude talen, ik moest er niet aan denken. Gymnasiasten waren niet gezellig. Het waren studjes.

Toen ze de Opel Kadett voor ons huis geparkeerd had kwam er toch nog iets over haar lippen. 'Jammer. Je kunt het, maar je weigert er iets voor te doen.'

Mijn protest slikte ik in. Ik gunde haar de discussie niet.

Tegen het advies van een bevriend huisarts in besloot mama een internist in de Daniel den Hoed kliniek te raadplegen over mijn gewicht.

Deze arts was allesbehalve aardig. Met adolescenten kon ze helemaal niet overweg.

Er werd vastgesteld dat ik tien kilo moest afvallen.

Mijn moeder gaf toe dat het geen vriendelijke vrouw was. 'Dit doe ik voor jouw eigen bestwil, hoor.'

Alweer?

De diëtiste van het ziekenhuis schreef een dieet voor. Er werd een schema opgesteld hoe laat ik wat mocht eten.

Mijn moeder verbood mij nog langer bij anderen te eten. Zo kon ik niet in de verleiding komen.

's Avonds liet ik karnemelk uitlekken in een theedoek.

De volgende dag nam ik de hangop in een tupperware bakje mee naar school. Nog voor het eerste lesuur spoelde ik het zure goedje door de wc.

Het idee dat iemand mij dat spul zou zien eten!

Ook de oude, droge boterhammen met rookvlees, maar zonder margarine, verdwenen in de vuilnisbak. Ik kreeg het gewoonweg niet door mijn keel.

Met mijn vriendinnen durfde ik er niet over te praten.

Ik was een trouwe klant van de banketbakker die de heerlijkste amandelbroodjes bakte.

Na een half jaar was het ineens klaar. De internist had er geen zin meer in.

Wanneer ik niet meewerkte kon zij er ook niets aan doen.

Mijn moeder zat met de handen in het haar. Ik had haar weer eens voor gek gezet.

14

Weer thuis

Joep en ik hadden Rotterdam in 1977 verlaten.

Precies vijfentwintig jaar later en vijf verhuizingen verder keerden we terug.

Het voelde als thuiskomen.

Ik leefde in een roes en pas toen de laatste verhuisdoos was uitgepakt, ontwaakte ik. Heel toevallig zat in die laatste verhuisdoos ook dat vervloekte dvd'tje dat Carel nog steeds niet gezien had.

Even had ik mijn moeder verbannen. Op de afstofroute stuitte ik op een foto van papa en haar.

Ze was weer in mijn leven.

Ik had mijn psycholoog indertijd verteld dat ik niet naar de foto's van mijn vader kon kijken zonder te gaan huilen. Hij verzekerde mij dat ik zo nooit mijn verdriet zou kunnen verwerken.

Toen de rust in ons leven terugkeerde ging het met Joeps gezondheid ook beter. Het idee dat hij in de beste handen van de Daniel den Hoedkliniek was stelde hem gerust.

Ondanks de harde wetenschap van een ongeneeslijke ziekte verbeterde zijn bloedbeeld. Dat maakte het makkelijker om ons op andere zaken te focussen, zoals een tweede huisje in ons geliefde Zeeland. Niet alleen was Joep er geboren, ook hielden wij als gezin prettige herinneringen over aan vier jaar wonen en werken in Zierikzee.

Het kistje met de gouden hoeken ging ook mee naar Zeeland. Joep protesteerde eerst. 'Het is er veel te vochtig. Dat is niet goed voor zo'n mooi oude kistje.'

Aan zijn glimlach zag ik dat hij mij in de maling nam. Hij was zijn handige bijzettafeltje kwijt, daar ging het om.

'Ik wil kijken of en hoe ik dat kistje open kan maken. Er moet iets inzitten, want het is zo zwaar. Er schuift iets in.'

'Puck, het zit op slot en jij hebt er geen sleutel van. Ga je het openbreken?'

'Liever niet, nee. Ik zal tante Claartje eens bellen. Het heeft tenslotte veertig jaar bij haar gestaan.'

Na het overlijden van oom Hans in 1994 stond het geheimzinnige kistje onverwacht weer in de woonkamer van mijn ouders. Papa was destijds ernstig ziek.

Het was me gewoon ontschoten mama ernaar te vragen.

Als een vanzelfsprekendheid stond het kistje weer te midden van alle prullaria die mijn ouders in hun leven hadden verzameld.

Natuurlijk kreeg Joep gelijk. Het kistje kwam na een half jaar terug naar Rotterdam. Thuis probeerde ik de doffe vochtplekken eruit te poetsen.

Vervolgens bleef het ongeopend staan.

15

Om en nabij 1970

Voor Rotterdam werd 1970 *het* jaar.

Ter gelegenheid van vijfentwintig jaar vrijheid werd C 70 georganiseerd.

Feijenoord had geen beter jaar kunnen kiezen om, als eerste Nederlandse voetbalclub, de Europacup te winnen.

Die zomer werd 'het Popfestival' in het Kralingsche Bos gehouden, wat het equivalent van Woodstock moest worden. Kralingen stond op zijn kop. Het was vakantietijd. Uit angst voor inbraken lieten de meeste Kralingers hun huizen niet onbewoond achter.

Ook wij gingen precies in die week met vakantie. Bart zou op het huis passen.

Zo ontkwamen de drie dochters van Verbeek aan eventuele slechte invloeden. Seks, drugs & rock-'n-roll.

Hoewel papa van het eerste en het laatste wel hield.

Hij hield zijn dochters nauwlettend in de gaten.

Connie kreeg het als oudste dochter zwaar te verduren toen ze voor het eerst oogschaduw op deed. 'Je verft je gezicht niet. Dat is onnatuurlijk.'

Ook verzette hij zich succesvol tegen de wens van Connie en Katrien: gaatjes in de oren.

‘Je maakt geen gaten in je lichaam. Het is onnatuurlijk. Daar krijg je infecties van. Ik wil het niet hebben.’

Papa verloor op den duur toch de strijd. Mama vond het namelijk wel leuk.

Connie werd nog wel regelmatig naar boven gestuurd om haar gezicht te wassen als ze zich weer eens ‘Cherachtig’ had opgemaakt.

Toch hebben mijn zussen ook wat dat betreft de weg voor mij vrijgemaakt. Lange haren, strakke spijkerbroeken, bordeelsluipers, leren laarzen, oma’s oude bontjas, zware make-up en zware shag roken.

Het hoorde er allemaal bij, zo rond de jaren zeventig.

De schoolleiding trachtte krampachtig de hiërarchie te handhaven.

De wereld veranderde. Leerlingen werden mondiger.

De school veranderde langzaam mee.

Ik kreeg niet alleen meer van academici les. MO-gediplomeerden, nog nat achter de oren, traden toe tot het elitaire lerarencorps. Met lange haren, in jeans en zonder das zaten ze met de grijze muizenbrigade aan één tafel in de lerarenkamer.

Protesteren deden de eindexamenklassen op de zogenaamde ‘kolderdag’. Dat was hun laatste schooldag. Ze verzonnen altijd een ludieke activiteit.

Ieder jaar werden de protesten heviger en de manifestaties uitbundiger. De leraren keken met ingehouden ergernis vanuit de lerarenkamer toe hoe de school veranderde in het Maagdenhuis. De bezetting mondde altijd uit in een vrije dag.

De pauzes en tussenuren brachten we door in café Van Rijn. Op één kopje koffie (dat was het goedkoopste) hingen we boven onze boeken.

We kletsen, maakten plannen, verbeterden de wereld en we spraken altijd over muziek. Mijn voornemen om een schriftelijk of repetitie in Van Rijn nog even door te nemen liep altijd op niets uit.

Het was de tijd van The Doors. Bij ons thuis kwam het niet verder dan The Beatles en The Beach Boys. Ongevaarlijke muziek.

Papa trachtte ik voorzichtig te laten wennen aan andere 'geluiden'.

Het woord feminisme kenden wij nog niet. Men sprak over vrouwenemancipatie.

Hoewel mijn ouders notoire VVD-stemmers waren, hield mijn moeder er in sommige opzichten meer linkse ideeën op na.

Het betrof niet alleen de standpunten ten aanzien van de Tweede Wereldoorlog. Ook op het gebied van de emancipatie neigde zij meer naar links dan naar rechts.

Zo gebeurde het dat wij bij een pedicure op de Rochussenstraat terecht kwamen. Het evenbeeld van Marianne Faithfull woonde in een bovenwoning waar ze tevens haar praktijk had.

We werden in de huiskamer behandeld.

Mijn moeder vroeg de eerste keer wel of de instrumenten gesteriliseerd waren. Ook over de ruimte was ze enigszins argwanend.

Vier kleine kinderen huppelden op blote voeten vrolijk rond. Zowel de jongens als de meisjes hadden lange haren waardoor ze niet van elkaar te onderscheiden waren. Mijn moeder smolt toen ze die snoetjes zag.

Minder blij was ze met de aandacht die vijf poezen voor haar hadden. Ze sprongen tijdens de behandeling een voor een op schoot.

Ik zat, zogenaamd, diep in mijn *Deutsche Wortschatz* verzonken. Connie dook gniffelend weg in de *Margriet*, die ze van huis had meegenomen.

Ondanks de poezen werd er een vervolgafspraak gemaakt.

'Maar ze moet wel een bh aandoen,' was het commentaar in de auto.

De tweede keer verliep heel anders.

Mama had zich voorgenomen een van die snoetjes op schoot te nemen om voor te lezen. Zo kregen de poezen geen kans.

Al snel ging het gesprek over de werkende vrouw. Mama's eigen verhaal maakte de flowerpower-pedicure uitzinnig.

Die vertelde over haar rol binnen de Rotterdamse Dolle Mina's.

Gedurende de daaropvolgende behandelingen werd de band steeds hechter. Mama vond het bijzonder interessant. Ze genoot zichtbaar van de bewondering die de pedicure voor haar toonde.

Connie en ik zagen de bui al hangen.

Ja hoor: het hoge woord kwam er eindelijk uit. Of mama een voordracht wilde houden voor de Rotterdamse afdeling. 'U bent een inspiratie voor andere vrouwen.'

Aanvankelijk leek mama ontvankelijk voor de vleiende woorden. Toch hapte ze niet direct.

'Ik houd het aanbod graag in beraad.'

Na de afgesproken week bedenktijd belde de pedicure. Ze kreeg een volmondig neen.

Als reden gaf mama tijdgebrek op.

Ik kreeg een andere verklaring.

De vrouwenemancipatie droeg ze een warm hart toe, maar zij durfde er niet publiekelijk haar nek voor uit te steken. Het woord vrouwenbeweging had een te linkse connotatie.

Hoe zouden familie, vrienden en vooral collega's daar tegenaan kijken?

In de derde klas van de HBS werd ik gevraagd voor een meisjesdispuut. Er waren er twee in Rotterdam.

Bart was in zijn middelbare schooltijd ook lid geweest van zo'n geheimzinnig genootschap.

De zussen hadden die eer nooit gesmaakt. Waarom ik wel?

Mijn moeder vond het prachtig. Mij werd niets gevraagd.

De bewuste zaterdagmiddag moest ik nog hockeyen. Toen ik de kleedkamer binnenkwam werd ik door twee meisjes aangesproken.

'Hoi Puck, hoe gaat het met je? Ga je vanavond nog iets leuks doen?'

Vreemde vraag. Deze dames kende ik nauwelijks.

'Nee, ik blijf thuis, niets bijzonders.' Ik liep de kleedkamer uit.

'Da... ag Puck.'

Lachten ze me uit?

Mama zette mij voor het statige huis aan de Heemraadsingel af.

'Als je jezelf maar blijft.'

Na een geheimzinnige avond in donkere koude kamers werd ik tot lid geslagen. Pesterijen en vernederingen liet ik over mij heenkomen.

'Het is een spel,' had Bart gezegd.

'Je hoort er dan echt bij,' had mama gezegd.

En daar ging het uiteindelijk toch om.

Toen kwam dat wonderlijke jaar in 4-vwo.

De leraren kwamen zich op de eerste schooldag voorstellen. Het programma voor het komende jaar werd besproken.

Onverwacht trad er een aantrekkelijk manspersoon de klas binnen. Een twintiger, schatte ik.

De meisjes giechelden achter hun handen. Sommigen bloosden.

'Goedemiddag. Ik ben Joppe Smit Stuyling. Het is de bedoeling dat ik jullie wat van geschiedenis ga bijbrengen. Jullie mogen mij Joppe noemen.'

Toe maar, ook nog een dubbele naam. Het klonk duur en interessant.

We mochten hem zelfs tutoyeren?

Zijn knappe uiterlijk was verbluffend. Ik vreesde dat ik zat te blozen.

Mijn buurvrouw stootte mij aan.

'Je mond staat open.'

'Wat een stuk,' fluisterde ik.

Bij mijn naam reageerde hij direct. 'Ben jij een zusje van Bart Verbeek?'

Ha, hij kent Bart. Altijd meegenomen.

Na schooltijd liep ik naar de volle lerarenkamer. Ik tikte brutaal tegen het raam en opende zelf de deur.

De rector kwam direct op mij af.

'Verbeek, wat is er?'

'Ik wil graag mijnheer Smit Stuyling even spreken, mijnheer.'

'Is het urgent? Kan dat niet wachten?'

'Mijnheer Smit Stuyling heeft gezegd dat hij altijd bereikbaar is, mijnheer.'

De rector liep direct op de nieuwe geschiedenisleraar af.

'Puck, zeg het eens.' Hij wist mijn naam nog.

Weer was ik sprakeloos. Wat een knapperd.

'W... w... waar ken jij Bart eigenlijk van?'

'Van het corps. Wij zijn jaargenoten.'

'Maar w... w... wat studeer je dan?'

'Economie.'

'En j...j... jij gaat ons geschiedenis geven? De Tweede Wereldoorlog nog wel?'

Daar had hij zich in verdiept, zo legde hij uit. Hij had er ontzettend veel zin in.

Ik wenste hem succes en verliet de school.

Toen mama even na vijven thuiskwam en zich met haar sherry'tje op het balkon nestelde, kwam ik met mijn opgewonden verhalen over de eerste schooldag.

Ze was verbaasd dat ik zo enthousiast was.

'Weinig veranderingen in het lerarenteam. Wel een leuke jonge vent voor geschiedenis. Hij studeert in Rotterdam en kent Bart.'

Er tekende zich een flauwe glimlach af om haar mond. 'Nou, dan hoop ik maar dat je goede cijfers haalt.'

Ik vertrok naar boven om mijn boeken te kaften.

Bart kwam thuis eten. Dat deed hij wel vaker wanneer hij krap bij kas zat.

'Bart, ken jij Joppe Smit Stuyling?'

'Wie zeg je?' riep mijn moeder nog voordat mijn broer kon antwoorden. Ze schoot uit haar stoel omhoog.

Bart reageerde verbaasd. 'Hoe kom je daar nou weer bij? Waar heb je die gezien?'

'Op school.'

Mama banjerde driftig heen en weer door de kamer.

'Is dat die econoom die geschiedenis gaat geven?'

Ik knikte.

'Zijn ze nou helemaal besodemieterd. Hebben ze hem wel nagetrokken?'

Ik begreep dat er iets goed mis was.

Toen kwam het hele verhaal van Joppe's vader op tafel. Een van de grootste Nederlandse oorlogsmisdadigers.

Joppe's moeder zou zich nog steeds in de neo-nazikringen begeven. Er zouden nog regelmatig bijeenkomsten bij haar thuis gehouden worden.

'Hoe zullen de andere ouders reageren?' vroeg ze zich af. Ik ook.

'Vorig jaar heeft mevrouw Somers de oorlog toch al behandeld?'

Ik knikte.

'Waarom dan nu weer?'

Ik haalde mijn schouders op.

Dat ik tien minuten geleden nog schaamteloos verliefd op hem was voelde nu heel ongemakkelijk.

Ik moest bellen met mijn vriendinnen. Ze vonden mijn conclusies te voorbarig.

'Mijn moeder zegt dat wij alert moeten zijn!'

Het had geen zin.

Ik vroeg mama om raad.

'Geef hem een kans. Misschien valt het allemaal reuze mee. Je moet hem niet bij voorbaat veroordelen. Ik reken het de school aan, niet die jongen.'

Toch vroeg ik mij af of ze de school zou bellen. Zou ze überhaupt met hem praten op een ouderavond?

We moesten de oorlog vanuit een ander perspectief beoordelen.

De dreiging van het communisme, de recessie, economische crisis, de groeiende onvrede. Er moest iets gebeuren.

Hij zette een bandrecorder aan en liep vervolgens de klas uit.

Wat we hoorden waren toespraken. NSB-bijeenkomsten. Ik hoorde de naam Smit Stuyling.

'Jongens, dit kan niet. Zet uit dat ding.'

Niemand durfde te bewegen.

Ik stond op en liep naar voren. Hier mocht en wilde ik niet naar luisteren.

Op dat moment kwam hij binnen. Die dromerige ogen keken mij vals aan. Hij zei niets.

De klas was doodstil.

Zwijgend zocht ik mijn plaats weer op. Mijn handen trilden.

'Jullie hebben vast wel van jullie ouders gehoord wie mijn vader was.'

Hij zou trachten ons de beweegredenen van zijn vader uit te leggen. We moesten zijn rol binnen de NSB in die tijd plaatsen.

Wanneer hij over de mysterieuze dood van zijn vader begon verborg ik mijn vingers, onder mijn lange haren, in mijn oren.

Ik wilde niet naar hem luisteren. Nee, ik mocht niet naar hem luisteren. Had ik het lef maar om de klas te verlaten. Om linea recta naar de conrector te lopen.

Maar hij hield geen nazistisch pleidooi. Hij probeerde ons alleen 'wat genuanceerder' te laten denken.

Buiten schooltijd liepen de discussies hoog op. Vooral de meisjes namen het voor Smit Stuyling op. 'Hij kan het toch niet helpen dat hij zoon-van is?'

'Nee, natuurlijk kan hij dat niet helpen. Maar waarom kiest uitgerekend hij de oorlog?'

Thuis vond ik mijn moeder aan mijn kant.

Eindelijk!

Ze beloofde op de eerstvolgende ouderavond met hem te gaan praten.

Om er zeker van te zijn dat ik mijn huiswerk kende, vroeg ik haar mij te overhoren.

Het werd een vijf. Ik was woedend. Mama verbaasd.

Twee weken later ging ze naar de ouderavond.

Vol spanning zat ik haar thuis op te wachten.

Het eerste glas whisky sloeg ze in één keer achterover.

'Nog één Puck,' hijgde ze.

'En?'

'Ja, hij is inderdaad charmant.

Ik heb iets gezegd in de trant van dat het moeilijk voor hem moest zijn.'

Haar glas was alweer leeg.

'Maar...,' en dit herinner ik mij nog goed, 'mijnheer Smit, ik stond aan de andere kant. Mijn kinderen weten, door en van mij, wat dit voor een oorlog is geweest. Zou het niet verstandig zijn wanneer u het verder laat rusten? Ik neem die onvoldoende van Puck met een korrel zout. Ze kende de stof.'

Ik vulde haar glas.

'Nou, daar had hij niet veel op te zeggen. Hij kwam op mij wat verlegen over. Eigenlijk is het een stakker.

Een domme stakker.'

Het is nooit meer goed gekomen tussen Joppe en mij. Hoewel hij zijn uiterste best deed mijn sympathie te winnen.

Op mijn eindrapport stond toch een voldoende. De Tweede Wereldoorlog liet hij verder rusten.

Wel nodigde hij de klas uit voor weekendjes bij zijn moeder thuis. Tot mijn grote verbijstering gingen er inderdaad klasgenoten met hem mee.

Ik was blij dat het schooljaar voorbij was.

Het jaar erop werd voor de derde keer de oorlog behandeld. Dit keer door iemand die aan de Birma-spoorlijn had gewerkt.

Of er door ouders toch geprotesteerd is?

Ik weet het niet.

Feit is dat ik hem nooit meer heb gezien.

Of zou mama toch…

Het werd na mijn zestiende verjaardag wat jongens betreft een interessant jaar.

Eerst zoenden we wat in het portiek bij de voordeur. Midden in de nacht ging aan de overkant het licht in de keuken aan. De overbuurman stond ons nieuwsgierig met een melkfles aan de mond te beloeren.

De volgende dag kwam hij bij mijn vader rapporteren.

Dan maar naar binnen om op de bank te vrijen.

Op een schoolfeest had ik Henk veroverd. Of was het andersom?

Hij bracht me thuis. Verder dan zoenen en mijn borsten betasten kwam het niet.

Plotseling stond mijn vader in zijn pyjama in de kamer. Wij hadden hem niet binnen horen komen.

Henk schoot met een enorme ruk los uit onze omhelzing. Hij sprong op en stotterde met een rode kop: 'D… d… dag mijnheer Verbeek. Ik hoop niet dat wij u wakker hebben gemaakt. Ik kwam Puck even thuis brengen.'

Ik veegde haastig mijn mond droog en trok mijn blouse recht.

Mijn vader glimlachte.

'Sorry dat ik jullie heb laten schrikken. Geef die jongen een biertje, Puck. Ik ga weer naar bed.'

Mijn verovering wilde helemaal geen biertje.

Met een smoes maakte hij zich uit de voeten.

Papa en mama vroegen nooit naar vriendjes.

'Wanneer het serieus is, dan merken we dat vanzelf.'

16

Onthullingen

'Weet jij nog waar je die dvd hebt gelaten?' vroeg Carel.

Ik wist meteen welke hij bedoelde.

'Ja, die ligt in de la van het kabinet, bij de videobanden. Neem je hem mee naar Amsterdam?'

'Nee. Er is vanavond niets op de televisie. Zullen wij samen naar *Goodfellas* kijken?'

'Oké, maar eerst ga ik bij tante Claartje koffie drinken. Ze weet dat ik kom. Ze weet alleen niet dat ik voor de sleutel van het kistje kom.'

Joeps wenkbrauwen fronsten zich. 'Weet je zeker dat zij die heeft?'

'Nee, dat niet. Nu kan ik in ieder geval aan haar zien of ze me voor de gek houdt of niet.'

Een uur later zaten tante Claar en ik aan de koffie.

Na de ditjes en datjes waagde ik de vraag te stellen. 'Weet u wat er in het kistje zit?'

'God kind, ben je daar nou nog mee bezig? Nou, eh... kijk. Als je moeder er niets anders mee heeft gedaan, dan zitten er documenten uit de oorlog in. Maar zeker weten doe ik dat niet. Wij werden ineens opgezadeld met dat kistje, omdat je moeder het thuis niet meer wilde en kon hebben.'

'Oh?!'

Tante Claartje ging verder.

'Het was vlak voor Sinterklaas dat ze het op een avond bracht. Ze wilde Hans onder vier ogen spreken. Hij nam haar mee naar zijn studeerkamer.

Je moeder stond erop dat er in de aanwezigheid van de kinderen niet over de oorlog gesproken werd.

Dat kistje is hier gebleven. De sleutel heeft altijd aan zijn sleutelbos gehangen.

Hans zei dat je moeder door het kistje te veel aan de oorlog werd herinnerd.'

'Maar waarom kwam het dan terug? Ik zag het ineens weer in Westmaas staan.'

'Na het overlijden van je vader zou het kistje teruggaan naar je moeder. Zo hadden ze dat met elkaar afgesproken.

Toen Hans eerder stierf dan je vader, is het ook eerder naar je ouders gegaan.'

'Wilde mama niet dat papa de inhoud zag?'

Tante Claar schudde haar hoofd.

'Je vader wist wat erin zat. Dat had ze hem verteld. Hij heeft het alleen nooit gezien. Zullen we er nu over ophouden! Het is me te vermoeiend.'

Vermoeiend of was het de belofte aan oom Hans waarmee ze worstelde?

Ik negeerde het.

'Maar opa had het kistje toch aan oom Hans toebedacht?'

'Ja, maar die vond dat het emotioneel aan je moeder toebehoorde. Hij had er niets mee.'

Ze stond op en liep naar haar secretaire. Uit een van de laatjes haalde ze een bos sleutels.

Mijn hart ging sneller kloppen.

‘Ik twijfel over deze twee.’ Ze had de desbetreffende sleutels tussen duim en wijsvinger.

‘Haal jij ze er even af.’

‘Neem ze maar mee naar huis. Geheid dat een van die twee het kistje zal openen.’

Het liefst was ik meteen vertrokken. Ik schonk nog een rondje koffie in.

Joep en Carel zaten mij met de borrel op te wachten.

Het kistje, dat ineens niet meer zo zwaar aanvoelde, zette ik op de bank. Zo kon ik er makkelijker bij.

Ik stak de twee sleutels omhoog. ‘God zegen de greep.’

Vervolgens stak ik de oudst lijkende sleutel in het slot. Heel rustig, zonder enige kracht draaide ik hem een kwart slag. Een goddelijk klinkende ‘klik’ ontgrendelde het slot.

Met trillende handen lichtte ik het deksel op. Een penetrante, muffe lucht ontsnapte uit het kistje.

Joep en Carel stonden ademloos over mijn schouder mee te kijken.

Mijn handen gingen door stapels onbeschreven enveloppen. Daaronder lagen vergeelde exemplaren van Trouw.

Wat het kistje zo zwaar maakte was een aantal boeken. Zo te zien gingen die over het verzet in Eibergen. Ik liet alles even door mijn handen gaan om een eerste indruk te krijgen.

Voor een rood kartonnen doosje ging ik eens goed zitten. Om het niet uit elkaar te laten vallen had mijn moeder er een elastiek omheen gedaan dat geheel verkleefd was met het oude karton. Mijn gezicht gloeide.

Carel zette het houten kistje op de grond. Ze kwamen naast mij zitten.

Ik opende het doosje.

Er zaten zwart-wit-foto's in.

Onbekende gezichten.

Verder trof ik wat foto's van mama's jaarclub aan. Ik herkende enkele vriendinnen onder wie tante Aafke.

Foto's van het Rotterdamsch studententoneel. Menukaarten uit haar VVSL-tijd, met de handtekeningen van haar clubvriendinnen. Haar persoonsbewijs uit de oorlog.

De documentjes die mij niets zeiden legde ik in het houten kistje.

Maar de foto's fascineerden mij.

Wie waren het?

Joep onderbrak de stilte. 'Nou, interessant.'

De cynische toon irriteerde mij. Ik sloot met een driftig gebaar het rode doosje en borg het op in het kistje.

Hij gaf mij een kus. 'Zo bedoelde ik het niet, Puck. Maar ik heb honger.'

'Heb je zweertjes aan je handen?' snauwde ik.

Op zaterdag aten we nog steeds broodjes en soep.

Terwijl de mannen in de keuken hun bordje stonden klaar te maken zonk ik in gedachten weg. De wijn maakte mijn hoofd licht.

'Wil je niet lezen wat er in die papieren staat?' vroeg Joep.

'Dat doe ik liever wanneer ik alleen ben. Laten we nu maar naar Carels film gaan kijken.'

Carel zette de dvd-speler aan. Hij schoof de dvd erin.

Er kwam geen geluid.

Het eerste beeld was een tekst. *'15 Maart 1941: het verlovingsfeest van Lies de Wit en Gijs Burghout.'*

'Stilzetten!' Ik schreeuwde.

Carel reageerde geschrokken. Hij drukte op de pauzeknop.

'Hè? Wat is dit in godsnaam?!'

Mijn mond bleef openstaan.

Joep begon tegen mij aan te praten.

'Ssst, stil nou,' snauwde ik.

Ik ging op de grond, pal voor de televisie, zitten.

'Draai maar af, Carel.'

We zagen een feestelijke bijeenkomst. Het moest bij opa en oma in Amersfoort zijn. Ik herkende mijn grootouders.

Lies zoende een blonde jongeman. Ze vleide haar hoofd tegen zijn schouder. Zo'n lach had ik nog nooit gezien. Stralend. Onbezorgd. Smoorverliefd.

Zijn gezicht kwam me bekend voor. Die had ik tien minuten geleden op een van de foto's gezien.

Zijn naam stond achterop: Gijs Burghout.

Het was een prachtig filmpje van ongeveer drie minuten. Carel speelde de dvd nog eens en nog eens. Ik herkende steeds meer mensen.

Carel sjorde aan mijn arm. 'Puckemam, Pu… huck, hoor je me?' Ik keek hem verward aan.

'Hoe ben je aan deze dvd gekomen?'

'Uh, nou gewoon per post.'

'Stond er een afzender op het pakje?' ging Carel door.

'Weet ik veel. Daar heb ik niet naar gekeken.'

'Jij, toen je het uitpakte, toch ook niet?'

'Tjonge, wat een vreemde toestand.'

Iemand had mij iets aangereikt uit het verleden van mijn moeder. Maar wie?

Goodfellas was nooit aangekomen.

Die studentikoze Gijs Burghout met zijn bierpul dansend en zoenend met mijn moeder. Bij die beelden voelde ik mij ongemakkelijk. Alsof ik naar vreemden keek.

Na de zoveelste replay dommelde ik in slaap.

De snak naar een slok water wekte mij.

Het was donker en koud.

Iemand had een plaid over mij heen gelegd. Alles was opgeruimd.

Even twijfelde ik. Was het een bizarre droom geweest?

De foto van Gijs en de dvd lagen op *het kistje met de gouden hoeken.*

Slaapdronken liep ik naar de badkamer om water te drinken. Ik was rillerig en besloot een douche te nemen.

Joep kwam binnen en ging op de wc zitten.

'Weet je wel hoe laat het is? Wie gaat er nou midden in de nacht onder de douche staan?'

'Hoeveel mannen plassen er zittend?'

In bed kroop ik naar Joeps warme kant.

'Waarom was je vanavond nou zo geïrriteerd, Puckje?'

Die vraag had ik verwacht.

'Dat met mijn moeder is zoiets van mij. Jij begrijpt niet wat ik voel. Ik kan dat ook niet uitleggen.

Geef me wat ruimte!'

De volgende ochtend lag er een kattebelletje op het gangkastje.

'Ik mag me er niet mee bemoeien, maar waarom bel je ma's notaris niet eens, XJ.'

De notaris, die wij nog vanuit onze tijd in de Hoeksche Waard kenden, nam zelf op.

Ze klonk aangenaam verrast toen ik mijn naam noemde. 'Hoe is het dan met jullie. Da's lang geleden zeg. Ik zit net aan mijn kopje koffie.'

Ze had blijkbaar tijd en zin om te praten.

'Maar waar bel je eigenlijk voor?' vroeg ze na vijf minuten social talk.

Nadat ik mijn verhaal had gedaan vroeg ik of zij iets wist van de mysterieuze dvd.

Er viel een korte stilte.

'Tja, daar kan ik nou niet zo een, twee, drie een antwoord op geven. Misschien is er iets van terug te vinden in het testament.'

Bart had de erfenis keurig afgehandeld. Het testament had ik nooit gelezen.

Toen de ziekte van Joep er ineens tussenkwam, had ik daar nooit meer aan gedacht.

De notaris beloofde mij zo spoedig mogelijk terug te bellen.

Het kistje stond op het logeerbed met het deksel open.

Een voor een haalde ik brieven uit de ongeadresseerde enveloppen. Iedere brief, gericht aan Trouw Amsterdam en aan Els Versloep persoonlijk, was een verhaaltje op zich.

Het verbaasde me dat ze toen (ze was nog maar vierentwintig) al dat onleesbare krabbelhandschrift had. Ik had dat altijd 'een dokterspoot' genoemd.

Met veel moeite wist ik de brieven te ontcijferen. Soms zat ik met een vergrootglas minutenlang boven één woord of naam.

20 December 1944.
Het is hier in het Achterland anders lang niet rustig. Zaterdag was ik er bijna bij geweest.
Ik dacht zelf dat het zover was, maar het scheen mijn tijd nog niet te zijn. Ik kwam van Gorssel af op weg naar Dientje, waar ik het weekend beloofd had te komen. Tussen Bathmen en Holten kwam ik vier kerels tegen; zwart marechaussee uniform, marechaussee pet, koppel om, karabijn op de rug, op de borst een groot, breed, blikken SS-teken.
Vlak bij ze gekomen verspreidden ze zich over de weg en werd ik ingesloten.
Toen begon het spel. Het was ontzettend.
Ik ben ook weer een heleboel vergeten want ik had een gevoel alsof ik in het luchtledige stond; ik snap zelf niet waar steeds mijn antwoorden nog zo vlot vandaan kwamen. Achteraf vind ik het niet zo gek. Op dat ogenblik dacht ik niets dan stommiteiten te begaan. Alles wankelt voor je.
Nu moet ik eerst nog vertellen dat ik juist de vorige dag een bewijsje voor mijn fiets gekregen had en daarom mijn p.b. in Zutphen veranderd had. Dus mijn eerste gedachte was hoe moet ik dat ding verantwoorden. Ik durfde mij niet als verpleegster voor te doen, omdat het niet op mijn p.b. stond. Maar ook wist ik daar van de toestanden in de ziekenhuizen niet veel af. Als die kerels daar bekend waren zou ik door de mand vallen.
Dus zag ik geen andere weg dan het Rode Kruis. Dit schrijf ik nu zo uitvoerig maar dat flitst in een ogenblik door je heen.
Ik stond naast mijn fiets. Daar kreeg ik achter elkaar een zeer geraffineerd verhoor door twee kerels; een oude

en een jonge, met een rode blonde kop. Zeldzame ploerten, vooral die jonge vent. Alles ging op een tergend langzame toon, zogenaamd vleiend. Wel lieten ze duidelijk hun achterdocht doorklinken.

'U reageerde te traag, juffrouw. Voortaan sneller afstappen.'
N.b. ze hadden me niks gezegd van afstappen.
'Wat zit er in die tas.'
'Mijn nachtgoed.'
'Ah, waar komt u vandaan, juffrouw?'
'Uit Zutphen.'
'Waar gaat u naar toe?'
'Wierden.'
'Waarom?'
'Een zieke vriendin opzoeken.'
'Was u bang in Zutphen?'
Schouderophalend: 'Waarom zou ik bang zijn?'
'Wat doet u voor uw vak?'
'Ik werk bij het Rode kruis.'
Eerste fout van mij, ik had moeten zeggen in de huishouding bij mijn zuster of iets dergelijks en verder ook bij het Rode kruis. Want nu moest ik later terug gaan krabbelen.
'Heeft u daar papieren van?'
'Neen.'
'Moet u toch hebben. Heeft u dan verlof om weg te gaan?'
'Heb ik niet om gevraagd. Ik ben er ook maar zo'n hulpje. Bij de laatste aanval kreeg ik niet eens een oproep, dus eerlijk gezegd heb ik er niet aan gedacht om verlof te vragen. Misschien wel dom.'

Toen wilden ze de inhoud van mijn tasje zien. Ik schrok, want daar zat mijn mapje met rantsoenbonnen in.
Ook een paar velletjes nieuwe die nog afgestempeld moesten worden. Ik had in G. wat rantsoenbonnen gegeven toen er mensen binnenkwamen, daardoor had ik geen tijd ze in mijn zakje te stoppen en had ze zolang in mijn tasje gedaan en later natuurlijk helemaal vergeten. Daar stond ik.
Enfin ik pakte mijn tas met het gevoel dat ik nu toch verloren was, en begon voor ze uit te pakken.
Eerst mijn portefeuille; waarvan ik zeker wist dat hij schoon was, want ik had hem net uitgemest. Alleen zat er duizend gulden in die ik onderweg gekregen had.
Foto's van de kinderen van mijn zuster geloofden ze wel.
Kleine papiertjes gingen ze nasnuffelen; ze kennen het vak dus wel.
Ik moest lachen; één stond te turen op een blaadje met vaktermen: colitis ulcerosa e.d.; een uittreksel dat ik eens gemaakt had. Dat pleitte voor mijn Rode Kruis. Hij vroeg niets.
Toen mijn p.b.; ze stonden te turen op een fout die de ambtenaar gemaakt had in de geboortedatum en later weer veranderd.
Toen al dat geld.
'Dat wil mijn vader nou eenmaal. Hij vindt dat je in zulke moeilijke tijden altijd wat extra bij je moet hebben.'
Heel verdacht vonden ze dat.
Enfin, ik zal verder kort zijn. Ik propte ze allemaal vieze papieren in hun hand; inlegvellen van spoorboekje e.d.

Toen kreeg ik nog een heel verhoor of ik veel rookte; waarop ik maar zei dat ik inderdaad veel eigen teelt rookte. Vonden ze verdacht.
Toen nog een heel verhaal over het Rode Kruis. Ik heb toen nog verteld dat we in die tijden na het grote bombardement op een post bij de technische noodhulp gezeten hadden, dat die nu opgeheven was.
Toen probeerden ze me nog eens vast te zetten door te vragen of ik uit Deventer kwam. En even later of ik nu naar Holten ging.
De uiteindelijke conclusie was: verdacht door te veel geld. En eindelijk na een kwartier kon ik gaan. Het leek mij uren en uren te duren.
Het kostte ontzettend veel moeite om waardig van mijn fiets af te stappen en het niet op een racen te zetten.
Ze hielden alleen meisjes aan. Ik maak hieruit op dat ze op zoek zijn naar koeriersters.

Als kind heb ik mijn moeder nooit zien fietsen. Sterker nog, ze had in de Oranjelaan niet eens een fiets.
Toen ik onderstaande passages las, begreep ik waarom.

Ik vrees dat er grote ontevredenheid heerst over het zwijgen van de Achterhoek. Geen kopij, geen kranten. Koeriersters met fietsen, ze zijn niet te vinden.
Ik weet niet of ik nog naar Amsterdam kom hoor! Ik krijg zo genoeg van al het fietsen en snak naar een echte vakantie.

Vanmorgen was er fietsenvordering in Eibergen, huis aan huis. Gisteren werd mijn fiets gepikt door een kerel van de Hermann Göring Division. Wat een rotkop!

Het gebeurde bij De Bilt waar de weg naar Amersfoort afboog.
Ik kreeg een oude kar terug. Ik heb altijd nog spijt dat ik toch niet probeerde ertussenuit te gaan. Maar ik durfde toch niet die kogel te riskeren; ze hadden zelf ook fietsen. Voor een vriendelijk woord was de kerel niet vatbaar; maar nu moet ik ook eerlijk toegeven dat zoiets me slecht afgaat bij zo'n schoft. Ik kon er ook niet toe komen Duits te spreken. Oerstom natuurlijk. Mijn aanval dat hij het recht niet had en dat de Ortscommandant mij dat zelf gezegd had werkte averechts. Op het laatst stond hij te briesen en met zijn handgranaat te dreigen.
Nu ben ik dus weer mijn lekkere lichte fietsje kwijt en zwoeg weer op een hopeloos geval.

Er ging geen brief voorbij, of het probleem fiets kwam erin voor.

Verder geen nieuws, alleen krijg ik een hartkwaal van mijn fiets. Die lange afstanden zijn bijna niet vol te houden, zo zwaar is hij. Zelfs een smeerbeurt helpt niets. Als jullie een licht karretje op kunnen scharrelen, houd ik mij aanbevolen. Morgen zal ik maar weer moedig zijn en door mijn Achterhoek gaan sukkelen.

De situatie in de Achterhoek omschreef ze minutieus en beeldend.

Onrust in de Achterhoek. Vorige week in Eibergen huis aan huis razzia's naar aanleiding van de nieuwe meldingen. Er was aangeplakt dat wanneer de mannen zich niet meldden, vrouwen en kinderen over de IJssel gevoerd zouden worden.

Zondag zijn er weer ongeveer veertig mannen gegijzeld. Deze zijn waarschijnlijk naar Deventer gevoerd. Bij niet voldoende melding zouden ze verder gaan naar Duitsland.
De burgemeester van Eibergen (NSB'er) is afgezet. Hij moest binnen 48 uur Gelderland verlaten.
Lobith moest evacueren. Vannacht zijn in Wierden twintig gijzelaars gepakt.

Ze schreef niets over haar toenmalige verloofde. Niets duidde erop dat hij ook in het verzet zat.

Maar toen las ik dit.

Jullie hebben een hele tijd niets van mij gehoord. Het wil ook nog maar niet met de koeriersdienst. Het valt niet mee een meisje met fiets te krijgen.
Alles hier best. Alleen wordt het steeds moeilijker door die rotlandwacht en er is ontzettend veel fietsenvordering, ook damesfietsen. Ik rijd nu op een nieuw karretje maar iedere avond heradem ik als het goed is gegaan.
Maandag ben ik bij de ouders van Gijs geweest. Ze waren erg gelukkig met mijn bezoek.
Vorige week zijn ze uit hun huis gezet, de stakkerds! Voordat het zover was is er een hevige deining geweest tussen zijn moeder en de kerel die het huis kwam bekijken.
Ze wilde hem niet op Gijs' kamer laten. Dat is de kamer van mijn gefusilleerde zoon en die is heilig - daar zet geen Duitser een poot in.

'De wraak zal over U komen,' en dat soort termen. Uiteindelijk heeft die kerel er alleen maar in gekeken. Hij is er niet ingegaan.
Blijkbaar was hij zo onder de indruk dat ze alles mee mochten nemen tot de gordijnen toe. Er moest alleen een bepaald aantal bedden, wat stoelen en een tafel in blijven.

De ellenlange brief eindigde met:

Dat zou ik nog vergeten; de secretarie in Enschede heeft bericht gekregen uit Velp dat Gijs 9 augustus te Den Bosch overleden is.

Drie weken later belde de notaris me terug. 'Als je nog vragen hebt, kun je die meteen stellen.' Het klonk behulpzaam.

Ze herinnerde zich de gang van zaken weer.

'Je moeder vertelde mij dat ze haar reden had gehad jou in het ongewisse te laten. Ze was ervan overtuigd dat je er ooit zelf achter zou komen. Tenminste... als jij dat wilde.'

De notaris wist de reden niet.

'Maar je bent blijkbaar wel op de goede weg, Puck.'

Die dvd had mama kort voor haar dood laten maken. De originele achtmillimeterfilm was er ook nog.

'Weten de anderen hiervan?'

'Nee, niemand weet er iets van. Je moeder zei dat ze dit buiten het testament wilde houden.'

Ik slaakte een zucht van verlichting.

17

Joep

'Is dit je merk?'

Hij gaf mij een vuurtje.

'Joep Grijpsma.'

'Puck Verbeek.'

De rest van de hockeywedstrijd miste ik. Ik vond hem meteen leuk.

Lange onverzorgde krullen hingen over de opstaande kraag van zijn 'Columbojas'.

Die nonchalance vond ik onweerstaanbaar sexy.

Zijn hangende oogleden verborgen gedeeltelijk zijn ogen. Daardoor kreeg hij een wat verlegen uitdrukking.

'Wat doe je?' vroeg ik brutaal.

'Ik geloof rechten. En jij?'

'Ik zit in 5-vwo. Volgend jaar waarschijnlijk ook.'

'Hoeveelste jaars ben je?'

'Vierde.'

Ik begon snel te rekenen. Verdorie, we scheelden nogal wat.

'Waar woon je?'

'Rozenburglaan.'

'Oh, dat is vlakbij. Ik woon in de Oranjelaan.'

'Gezellige huisgenoten?'

'Jazeker. Misschien zelfs iets te gezellig.'

'Wonen je ouders in Rotterdam?'

'Nee, die wonen in Zoutelande. Weet je waar dat ligt?'

'Zeeland?'

'Wie?'

'Joep Grijpsma.

Hij zit bij Bart in het elftal. Ik heb gevraagd of hij komt eten. Daarna helpt hij me met economie.'

Mama's ogen leken even donker te kleuren. Zag ik die onheilspellende onderlip?

Katrien redde me. 'Leuke jongen. Staat bekend als sympathiek.'

Mama zuchtte. 'Puckie, Puckie.'

Joep wist mijn moeders hart meteen te winnen met een doosje After Eight. Door het lange natafelen werd de bijles een latertje.

Dagelijks fietste ik door de Rozenburglaan om een glimp van hem op te vangen.

Katrien bracht me aan het twijfelen. Op een feest had ze hem gesignaleerd met een meisje. 'Waarschijnlijk heeft hij een vriendinnetje, hoor Puck. Dring jezelf alsjeblieft niet op. Voor je het weet noemen ze je een slet.'

Na de repetitieweek belde Joep om te horen hoe het gegaan was. Toen hij mij vroeg op zondag naar zijn cricketwedstrijd te komen kijken brak de zon door.

We zagen elkaar sindsdien dagelijks.

Hoe langer die eerste zoen op zich liet wachten, des te gepassioneerder ik werd.

'Joh, hij is ouderwets,' zei Katrien. 'Hij wil er zeker van zijn dat je de ware bent.'

Op 14 juni kookte ik voor hem.

Na het eten stonden we in de keuken de afwas te doen. Wat begon als een uitdagend plagerijtje met theedoeken en afwasborstels, liep uit op wederzijds gesnuffel.

Wist hij niet hoe hij het moest aanpakken?

Ik lokte hem uit zijn verlegenheid. Henk had mij leren tongzoenen.

Joep hapte toe.

Twee weken later gingen wij naar Egmond voor oma's verjaardag.

Zij had bedacht dat wij in een van de zolderkamers moesten slapen. Opgewonden rende ik naar boven om het te checken. Ja hoor, er was één twijfelaar opgemaakt.

Joep en ik hadden nog niet met elkaar geslapen.

Papa glimlachte. ''t Is maar goed dat je moeder er niet bij is.'

Oma was verbaasd. 'Is het niet goed? Het is een oud bed, maar er is niets mis mee, hoor.'

Joep en ik rolden die nacht vanzelf in elkanders armen.

Daar bleef het bij.

De volgende dag kwam tante Sjoukje, een nicht van mijn vader.

Na de kennismaking met Joep gedroeg ze zich vreemd. De anders zo vrolijke tante Sjoukje dronk haar wijn als limonade. Ze was onrustig en ratelde aan een stuk door.

Papa verzon een boodschap en nam Joep en mij mee het dorp in.

's Avonds aten wij bij De Boei.

Aan tafel stak tante Sjoukje van wal. Ze had in Amersfoort op het gymnasium gezeten. Een van haar klasgenoten was een jongen Grijpsma.

'Heb jij ook familie in Amersfoort?' vroeg ze.

Joep veegde zijn mond af.

'Uh, nee. Ik ben geboren en getogen in Zoutelande. Mijn oma van moeders kant heeft wel in Amersfoort gewoond.'

Ik keek hem vertwijfeld aan. Papa trok zijn wenkbrauwen op. Oma at onverstoord door.

Tante Sjoukje negeerde Joeps antwoord.

'Ben jij familie van Wieger Grijpsma?'

Weer leek Joep even te moeten nadenken.

'Dat was verre familie.'

Haalde ze nou opgelucht adem?

'Die was heel erg fout in de oorlog. Misschien wel de beruchtste NSB'er van Amersfoort.' Ze zei het heel nadrukkelijk in de richting van papa.

'Met zijn zoon zat ik in de klas.'

Joep werd bleek.

'Hoewel Wieger Grijpsma heel ver familie is, is het een schandvlek op onze familie. De man heeft gecollaboreerd met de Duitsers. Dat wist heel Amersfoort.'

Er viel een onaangename stilte. Ik hoorde het gesmak en geratel van oma's loszittende gebit.

Papa redde de situatie. 'Ach, ik had ook een foute oom. Nietwaar moe?'

Oma reageerde niet.

'Mijnheer Verbeek, deze Wieger Grijpsma is door het verzet geliquideerd.'

Papa schoof zijn bord weg. Zag ik grimmige plooien rond zijn mond?

Hij stond op, gaf Joep een schouderklopje en liep naar de vleugel. Binnen de kortste keren stond het hele restaurant op de dansvloer.

Tante Sjoukje bleef alleen aan tafel achter.

In de week van de rapportenvergadering nam hij mij mee naar Zoutelande.

In het bijzijn van mijn moeder had hij het een en ander over zijn ouders verteld. 'Het gaat er bij ons iets formeler aan toe dan hier.'

Mama was in lachen uitgebarsten. 'Geen vieze moppen, Puck. En eerst nadenken voordat je iets zegt.'

Vader Grijpsma kwam ons in zijn 2CV van het station in Middelburg ophalen. De achterbank was – vanwege de honden – uit de auto gehaald. Er lag een jachtgeweer.

'Tussen visites door wil ik nog wel eens het land inlopen.'

Ik vond hem, vanwege zijn Groningse tongval, meteen aardig. De hand van Joeps moeder voelde een stuk koeler aan.

Het prachtige huis aan de Duinweg paste in een Agatha Christie. Zoveel antiek had ik alleen in musea gezien.

Aan Joeps hand liep ik mee naar de zitkamer.

Er werd een plaats aangewezen recht tegenover zijn moeder. Om de stilte te doorbreken ratelde ik er maar op los. Joeps moeder keek hem telkens aan.

'Lieve, ik ga nog even naar de praktijk.' Vader Grijpsma gaf haar een kus op haar voorhoofd.

Toen werd er geklopt.

Een meisje in een smetteloos wit schortje kwam thee brengen. Ze zette de zilveren theekan op een theetafel naast mevrouw.

'Basje, dit is juffrouw Puck.'

'Puck, dit is Basje. Mijn sloofje.'

Ik durfde alleen maar te knikken. Met moeite onderdrukte ik een lachstuip.

Op mijn kamer stonden bloemen uit de tuin en een schaaltje met vers fruit. De lakens roken naar de frisse buitenlucht. Ze waren gestreken.

Joep vertelde dat hij tot voor kort zijn schoenen 's avonds op de gang zette. De volgende ochtend kon hij ze gepoetst weer aantrekken. Dankzij Basje.

'Dat verwacht ik van jou natuurlijk ook.'

Ik was zeer gevoelig voor een goed georganiseerd huishouden. Wanneer Nelleke was geweest zag het er bij ons welgeteld één dag netjes uit.

Klokslag zes uur klonk er een bel. Een zilveren bel.

Etenstijd.

'Let maar goed op mij,' had Joep gezegd.

Hij stond achter zijn stoel te wachten tot zijn ouders gingen zitten. Ik volgde hem.

Thuis zaten we altijd naast en aan elkaar. Hier was voetcontact zelfs onmogelijk.

Mijnheer begon met opscheppen. Vervolgens gaf hij alle schalen door.

Schalen van Engels porselein. Bestek van echt zilver. Glazen van kristal.

Joep had, nadat hij een paar keer bij ons had gegeten, voorzichtig gevraagd: 'Eten jullie altijd van plastic borden?'

'Oh, die zijn na het kamperen in de kast beland. Ze zijn licht en gaan niet kapot. Makkelijk en functioneel, vindt mijn moeder.'

Joep had mij ongelovig aangestaard.

Pas nadat iedereen had opgeschept maakte mevrouw aanstalten te gaan eten.

Ik haatte koud eten. Nu nam ik het op de koop toe.

Eet smakelijk hoorde je niet te zeggen. 'Bemoei je met je eigen zaken,' had Bart eens gezegd.

Papa had hem toen een klap gegeven.

Als eerste had ik mijn bord leeg.

Joeps moeder keek mij verbaasd aan.

Bij de tweede ronde begon de procedure opnieuw.

Ik bedankte voor de koude aardappels en nam alleen sla.

Thuis schepte iedereen zo snel en zo veel mogelijk op. Na een kwartiertje kon er afgeruimd worden.

Het toetje bestond steevast uit yoghurt. Uit de fles. Op zondag was er ook wel vla. Ook direct uit de fles. Het was altijd Kat die met de schraper het laatste restje eruit mocht halen. Mama streek met haar vinger de druppels van de rand.

Bij Grijpsma werd de yoghurt in servies opgediend.

Joep knipoogde regelmatig.

Desondanks voelde ik mij niet echt op mijn gemak. Ik wist niet of ik mocht zeggen dat het lekker was. Mevrouw Grijpsma kon heerlijk koken.

Bij het natafelen met een sigaretje werd er naar mijn familie gevraagd.

Toen ik over mijn werkende moeder vertelde kwam er een reactie die ik niet kon plaatsen.

'Ach ja kinderarts. Nou, tante Kiki is kinderarts en longarts. Hè Joep.'

Ze legde haar hand op Joeps arm.

'Tante Kiki is een vriendin van ons.'

Toen flapte ik er plotseling uit dat mama wel heel belangrijk was geweest in het verzet. Mijn gezicht gloeide. De tranen schoten in mijn ogen.

Blijf van mijn moeder af!

Joep schrok. 'Puckje, lieverdje toch.'

Joeps vader pakte de hand van zijn vrouw. 'Lieve, ik moet nog medicijnen maken. Zullen we de zitting opheffen?'

De telefoon ging.

Toen Joeps moeder zei dat het mijn zusje Katrien was wist ik dat het fout zat. Mijn zus probeerde zo lief mogelijk te vertellen dat ik was blijven zitten.

Mijn benen voelden als lood. Ik wilde de eetkamer niet meer in.

Verdomme, waarom kwam Joep niet op de gang.

Toen ik de kamer binnenkwam keken vier ogen mij verwachtingsvol aan. Ik bleef achter Joeps stoel staan. De leuning gaf mij houvast.

De leraar Engels had mij een vijf gegeven terwijl ik er zeker van was dat het een zes zou zijn. 'Mama gaat naar school om hierover te praten.'

Joep greep mijn hand. 'Dus de bijlessen hebben wel geholpen?'

'Ja, zesjes.'

Maar ik zou mijn bijlesleraar minder vaak – of in het ergste geval nooit meer – zien.

Mijn ouders wilden weg uit Rotterdam en buiten gaan wonen. Ik moest van het Rotterdamsch af.

'Ach wat vind ik dat nou jammer,' zei mevrouw Grijpsma. Daarop moest ik de schoolperikelen van haar vier kinderen aanhoren.

Joep vroeg of wij geëxcuseerd waren.

Buiten viel ik in zijn troostende armen.

'Heb je je moeder helemaal niet gesproken?'

'Nee.'

Joep nam mij die avond mee uit.

We zaten als enigen in een donker hoekje van De Botterbar. Ik staarde voor mij uit. Mijn hoofd lag op zijn schouder. We rookten de ene sigaret na de andere. Zo nu en dan zoenden we elkaar.

'Zullen we naar het strand gaan? Dan lopen we door de duinen terug naar huis.'

'Jij weet de weg.' Een nachtwandeling leek mij heel romantisch.

Hoewel?

Ik zag er wel tegenop terug naar zijn huis te gaan.

Stevig in elkaar gestrengeld liepen we over het strand. Joep probeerde me zo nu en dan het water in te duwen. Op het moment dat ik mijn evenwicht dreigde te verliezen trok hij me stevig tegen zich aan en kuste mijn haren.

Het was een prachtige juninacht.

Joep wist in de duinen plekjes te vinden waar wij ongestoord konden vrijen.

Aan mijn onbedwingbare begeerte, het verlangen hem in mij te voelen, mocht ik mij niet overgeven. Ik was nog niet aan de pil.

Het vrijen was voor mij een ontdekking van lichamelijk genot. Joep streelde mijn gevoelige huid. Onze tongen lieten elkaar niet meer los. Het maakte mijn hoofd leeg. Er was geen verdriet meer.

Hijgend lagen we naast elkaar naar de sterrenhemel te kijken. We staken de ene sigaret met de andere aan. Ons lichaam herstelde zich. Het vroeg om meer.

Te zien hoe ik hem opwond, hoe snel hij een erectie kreeg bracht mij in opperste extase. Uitgeput, maar dronken van verliefdheid kleedden wij ons aan en liepen terug naar huis.

We probeerden stilletjes naar boven te sluipen.

'Kom je nog even bij mij in bed?'

Ja, ik wilde dolgraag. Nee, het mocht niet. Nog niet.

Stel dat Joeps moeder zijn kamer zou binnenkomen. Het verderfelijke stadskind zou direct op de trein naar Rotterdam worden gezet. In haar blootje.

Toen ik het bed instapte hoorde ik de vogels fluiten. De eerste lichtstralen zochten een weg onder de gordijnen door naar binnen.

'Con, ik wil met hem naar bed, maar ik durf mama niet om de pil te vragen.'

Het was even stil aan de andere kant.

Toen barstte Connie in lachen uit. 'Nee Puck, dat zou ik ook maar niet doen. Je kent ma, ze wil het van haar dochters niet weten.'

'Ik durf niet naar de huisarts. Die vertelt het vast door. Hoe heb jij dat dan gedaan?'

'Dr. Rutgershuis op de Heemraadsingel.' Connie was heel openhartig.

'Is de eerste keer wel eng hoor. Ontspan je en zucht maar diep. Je schaamt je een beetje want er komt van alles. Ook hoeren uit Katendrecht.'

Gelukkig ging Joep de eerste keer mee.

Hij noemde het een familiebezoek. 'Dr. Rutgers is een voorvader. Hij hangt bij vader en moeder in de gang.'

Het was warm in de wachtkamer.

Joep fluisterde: 'Doe je jas uit, Puck.'

Ik schudde heftig neen. 'Syfilis of zo,' fluisterde ik.

Toen werd ik binnengeroepen. Joep bleef achter in de gang tussen dames in netkousen en minirok.

Enkele minuten later hingen beide benen uiterst gênant en oncomfortabel in twee eendenbekken. Ik sloot mijn ogen en focuste me op dat felbegeerde receptje.

'Ontspan en zucht maar diep.'

18

Gijs

Het kistje met de gouden hoeken onthulde wat zo'n vijftig jaar voor mij geheim was gebleven. Ieder documentje, briefje, knipsel of fotootje was een stukje van de puzzel. Een bonnetje van juwelier Kamerling te Enschede uit 1941 herinnerde mij aan het medaillon, dat sinds Carels verjaardag in de bijouteriedoos lag.

Tevens vond ik het papiertje waar ik 15341 op had geschreven. Ik zag het vrijwel direct.

15 – 3 – 41, de datum die ook op de film stond.

Ze had het medaillon dus van haar verloofde gekregen.

Mijn zoektocht, zoals ik mij die op mama's crematie had voorgenomen, werd een project.

'U belt de verkeerde afdeling, mevrouw. Ik verbind u door.'

'Degene die u verder kan helpen is er momenteel niet, mevrouw. Belt u later nog eens. Dag mevrouw.'

'U bent aan het verkeerde adres, mevrouw.'

'Maar u werkt toch voor Trouw? U kent toch zeker uw eigen bedrijfsgeschiedenis wel?'

Ik werd boos. Een krant die zijn eigen geboorte verloochent.

'Zijn onze jongens daarvoor gevallen?' Mama had gelijk.

Het was maar de vraag of mijn doorgegeven telefoonnummer werd genoteerd.

Na een paar dagen belde een gepensioneerd redacteur. 'U heeft voor nogal wat opschudding gezorgd.' Hij verontschuldigde zich. Of ik geïnteresseerd was in een interview met mijn moeder uit 1950.

'Waarom neemt u ook niet eens contact op met Marius Kist? Hij heeft er zoveel over gepubliceerd. Ik zal zijn nummer opzoeken en meesturen.'

Een paar dagen later ontving ik een met de hand geschreven interview. Het was de moeite van het ontcijferen meer dan waard.

Toen de oorlog uitbrak was ik officieus verloofd met Gijs Burghout. Gijs studeerde in Delft voor werktuigbouwkundig ingenieur en ik studeerde in Leiden medicijnen. Mijn ouders woonden in Rotterdam. De zaak van mijn vader was totaal weggebombardeerd. Daardoor en mede door de intocht van de Duitsers reageerde ik direct fel.
En dit is altijd zo gebleven.

Met studenten heb ik toen in Delft op een evacuatiepost gewerkt.
Gijs studeerde in september af. Ik zakte voor mijn kandidaats.
Gijs ging naar Enschede. Leiden ging dicht. Wij verhuisden naar Amersfoort waar naartoe de zaak werd verplaatst. In begin 1941 ging Gijs naar Philips, waar hij lampen moest maken. Dit beviel hem niet want alles ging naar Duitsland. Hij ergerde zich groen en geel.

Hij begon daar te saboteren. Langzamerhand wilde hij weg, want men kreeg de sabotage in de gaten. Zijn ontslagaanvraag werd afgewezen. Toen hij toch wegging kon hij niet makkelijk iets anders krijgen. Philips werkte hem tegen. Hij begon aan een proefschrift over de bestrijding van de werkeloosheid.

Ondertussen, in de zomer van 1941, slaagde ik voor mijn kandidaatsexamen. Ik ging toen in Utrecht verder studeren.
In de zomer van 1942 werd ik onder anderen door Tjeerd Dolman gevraagd om wat kranten te verspreiden in de Bilt en Zeist. Het waren er ongeveer dertig en werden er telkens meer.
Waren er weer kranten dan kreeg ik een telefoontje uit Utrecht, dat de hoedjes klaar waren. Ik wist dan dat er kranten waren. Ik vond dat zeer gewichtig en interessant.

In januari 1943 werd mij gezegd dat ik met mijn hulp in Zwolle moest komen om de kranten op te halen. De drie slordig verpakte pakken waren bestemd voor Utrecht. Het oranje papier stak er aan alle kanten uit. Deze oranjekrant was het eerste nummer van Trouw. Wouter Scherpenzeel had twee pakken, ik een.
Mijn deel heb ik verspreid in mijn omgeving: Utrecht, de Bilt en Zeist.

Van de overgang van Vrij Nederland naar Trouw weet ik niet veel. Alleen dat mij verteld werd dat journalistiek het hele verspreidingsapparaat overgegaan was naar een nieuwe krant.

Het was omdat de oprichter cq. hoofdredacteur van VN te dictatoriaal was. Hij werkte andere redactieleden eruit.
Bovendien redigeerde hij de krant in een christelijk socialistische richting. Dat zinde de jongens van de verspreiding niet.
De nieuwe krant wilde christelijk zijn. Ik meen me te herinneren dat het ook de bedoeling was rooms-katholieke mensen in de krant op te nemen.
Dat is blijkbaar mislukt.
Het was mij te doen om het verzet tegen de vijand, niet een geestelijk verzetten tegen een bepaalde ideologie.
In de VN-tijd was de distributie anders georganiseerd dan bij Trouw, waar een ieder een bepaald rayon kreeg.
Ik vertrok met Aafke Scherpenzeel naar de Achterhoek en veranderde mijn persoonsbewijs van ongetrouwd in getrouwd.
Aangezien Trouw ook in Limburg moest verschijnen zijn Aafke en ik naar Limburg gegaan. Gijs zat in Groenlo ondergedoken. Er werd toen besloten dat hij in de Achterhoek zou werken. Wij mochten niet samen werken.

Het was verder een warrige aaneenschakeling van feiten en heel veel namen. Over het lot van Gijs werd ik niet veel wijzer.

In Gorssel kwamen wij bij een gepensioneerd onderwijzer, was van huis uit gereformeerd.
Zijn zoon Toon was bij de arrestatie van Gijs.

De passage over Tjeerd Dolman viel mij op. Hij was opgepakt met een revolver in zijn tas. Normaliter stond daar de doodstraf op.

> *Op een gegeven moment hoorde ik dat Tjeerd vrij was.*
> *In clandestiene briefjes uit Amsterdam las ik dat Tjeerd beste maatjes was met de SD'er Gottschalk.*
> *Zijn vrouw en familie gingen regelmatig met Gottschalk om. Deze Gottschalk – een wolf in schaapskledederen – was uit Berlijn overgekomen om Trouw op te rollen.*
> *Volgens Tjeerd was hij ontsnapt. Het bleek echter dat hij was vrijgelaten.*
> *Bovendien wist ik dat Tjeerd de schuld steeds op de anderen wierp, ook op de jongens van wie hij wist dat ze in de gevangenis zaten.*
> *Tjeerd Dolman kwam nu met het voorstel dat De Wit Jansen en Guus Dolman, (hoofd distributie en een verre neef van Tjeerd) moesten ophouden. Dit zou volgens hem strafvermindering voor de jongens betekenen.*
> *Later kwam hij met het ultimatum dat als Trouw niet ophield, de jongens gefusilleerd zouden worden. Toch hebben wij besloten door te gaan.*

Het ultimatum. Daar stond het. Dit moest over *de 23* gaan, waar Marius Kist over had geschreven.

Mijn vermoeden dat Gijs daartoe behoord had werd steeds sterker.

> *De Wit Jansen heeft Gijs, Johan van Heel en mij in een weekend beloofd dat Trouw na de bevrijding niet zou blijven bestaan.*

Wij beschouwden Trouw namelijk als een verzetsblad en wilden niet van Trouw een politiek blad maken. Hoewel ik helemaal niet AR was of ben, toch vind ik dit de enige partij met ruggengraat.
De sfeer in de Trouworganisatie heb ik altijd prettig gevonden. Volgens mij was Trouw de enige krant die echt principieel was en rechte lijnen trok.
Daarom stond Gijs ook con amore achter Trouw.

Joep stelde voor een weekend naar Eibergen te gaan.

Het was op een prachtige zaterdag in april dat wij door de Achterhoek toerden. Eibergen had net uitvoerig haar zestigjarige bevrijding gevierd. Hier en daar hingen Canadese vlaggen uit.

Leo Wentink, de oudste broer van Mientje, liet mij nog wat oude Trouwedities zien. Hij wist dat er een serie boeken over het verzet in Eibergen bestond. 'Maar ik weet niet of die nog te krijgen zijn.'

'Die zitten in het kistje,' zei ik.

We bezochten de boerderij.

Hoewel de huidige bewoners het van binnen grondig hadden verbouwd konden we ons van de originele inrichting nog een goede voorstelling maken. De opkamer met het luik naar de kelder, waar Lies had geslapen, was onveranderd gebleven.

De rillingen liepen over mijn rug.

De eigenaar wilde graag onze verhalen horen.

Hier waren ook nog twee edities van Trouw gedrukt. De Duitsers kregen er lucht van. Daarom moest Lies regelmatig van adres wisselen.

Haar maatje Johan had haar bijgestaan wanneer er een tekort aan koeriers was. Hij had over haar gewaakt (soms met een pistool op zak).

Toen hij ziek werd en mama hem bezocht, heb ik het er met haar over gehad. 'Mam, je maakt mij niet wijs dat hij niet verliefd op je was.'

Ze schrok wanneer ik zo direct was. 'Ik hou van hem als van een broer. Wat hij voor me gedaan heeft, is niet te beschrijven.'

Op zijn sterfbed had Johan zijn neef Leo toevertrouwd dat hij zich, na de dood van Gijs Burghout, verplicht had gevoeld met Lies te trouwen.

Door de steeds dikker wordende stapel documenten schoot het zoeken op internet erbij in.

De vriendelijke oud-Trouwredacteur informeerde naar mijn vorderingen. Hij moedigde mij aan ook met Els Versloep contact te zoeken.

Dat durfde ik niet. Ik vreesde haar afwijzing.

Wel zocht ik de website van Marius Kist op.

Inderdaad stond de naam Gijs Burghout in het lijstje van *de 23*. Hij was op 9 augustus 1944 in kamp Vught gefusilleerd.

Die datum frappeerde mij. Papa was gecremeerd op 9 augustus 1994.

Zou mijn moeder zich dat gerealiseerd hebben?

Ik stuurde Kist meteen een kort berichtje.

Twee dagen later lag er weer post van de behulpzame oud-redacteur in de bus. Hij had een aantal pagina's gekopieerd uit een boek van een van de Trouw-mensen die bij het voorval betrokken waren.

'Met z'n drieën hebben ze de bladen naar een huis in Deventer gebracht. Het was de woning van een paar dames, die in Deventer een filiaal van Palthe beheerden. Zonder dat iemand argwaan had, sleepten ze de pakken naar binnen. Daar zijn ze uit elkaar gegaan: Gijs Burghout zou in een zomerhuisje in de bossen van Bathmen overnachten, waar regelmatig Joden verborgen zaten. Voordat ze uit elkaar gingen had Gijs nog een paar exemplaren van Trouw in zijn jas gestopt. Er was afgesproken de volgende morgen weer bij elkaar te komen om dan de bladen in de provincie te gaan verspreiden. Gijs kwam echter niet opdagen.
Toen verscheen Gerard. Hij vertelde: 'We zijn samen weggefietst. Toen we bij hotel De Pessing waren, moesten we linksaf naar Bathmen. Daar stonden twee Nederlandse politiemannen, die ons sommeerden te stoppen. Gijs zei: 'Doorrijden.' We zijn weggespurt. Na enige tijd zei Gijs: 'Ik zal de Trouws die ik in mijn jaszak heb in de grond verstoppen en dan laat ik mij inhalen. Omdat we de twee politiemannen een heel eind voor waren, zag Gijs kans de bladen in de grond te stoppen. Ik ben hard doorgefietst, daarna is Gijs blijven staan. Hij is toen gearresteerd, want één van de agenten heeft blijkbaar gemerkt dat er iets was weggestopt en heeft net zo lang gezocht tot hij de bladen gevonden had. Deze 'Nederlandse' politiemannen hebben Gijs meegenomen en aan de SD in Arnhem overgeleverd.'
Iedereen was diep geschokt. We begrepen de consequenties. Hitler zelf had in overleg met de hoogste Duitse instanties, ter bestrijding van het illegale Trouw, de SD'er Gottschalk vanuit Berlijn naar Nederland gezonden met als enige opdracht: Trouw uitroeien. De opge-

pakte Trouwmensen kwamen in Haaren of Vught terecht waar Gottschalk ze hardhandig verhoorde en tegen elkaar uitspeelde. De eindbestemming was het concentratiekamp Vught.

Gerard is, nadat hij alle bijzonderheden had verteld, vertrokken en we hebben hem nooit weer gezien. Voor zover ik weet heeft hij voor Trouw ook niets meer betekend. Ik heb daar een uur gezeten en gepiekerd over wat er gebeurd was en hoe het nu verder zou gaan.
Toen was Lies er ineens. Ze vroeg of Gijs en Gerard er nog niet waren. Op een heel voorzichtige manier heb ik haar verteld dat Gerard was geweest en alles wat er de voorgaande dag was gebeurd. Ik zat alleen met haar en haar grote verdriet.
Lies en Gijs, zij hadden beiden gekozen om in het Trouw-verzet te gaan. Hoewel ze, voor zover ik weet, niet kerkelijk waren, hadden ze voor dit illegale blad gekozen omdat ze zich daar principieel het beste in vonden.
Lies en ik hebben samen vanuit Deventer de tienduizend exemplaren van Trouw over de provincie verspreid.

Langzaam drong het lot van Gijs Burghout tot mij door.

19

Brieven

'Met Marius Kist. Spreek ik met Puck, de dochter van Lies de Wit?'

Ik schrok en zocht naar woorden. 'Ah ja, nu weet ik het weer. Wat aardig dat je belt.'

'Sorry dat ik zo laat reageer. Ik was op studiereis. Je wilt het een en ander over je moeder weten?'

Ik begon bij het begin.

Hoe Els Versloep mij op mama's crematie verrast had met haar toespraak. Hoe ik in bezit van documenten en andere informatie was gekomen. Met wie ik allemaal in contact was gekomen. Hoe ik ook op zijn site het een en ander te weten was gekomen.

'Maar de puzzel is nog niet compleet, ik mis nog stukjes.'

'Misschien heb je wel alle stukjes, maar zijn ze nog niet goed geplaatst.'

Deze cryptische opmerking verwarde mij even.

Marius begon te vertellen.

'Rauter, het hoofd van de SD in Nederland, had het bevel van Hitler om alle berechtingen in Duitsland uit te voeren genegeerd.

Trouw stond hoog op zijn lijstje. Hij moest en zou de verzetsgroep oprollen.

Toen Tjeerd Dolman gearresteerd werd ging alles in een stroomversnelling. Kort daarop werden *de 23* opgepakt, onder wie Gijs Burghout.

Toen kwam Dolman onverwacht vrij. In eerste instantie dacht men dat hij gevlucht was. Dat bleek onwaar.

Iedereen binnen Trouw was gealarmeerd. Het was verdacht.

Tjeerd wilde het beruchte 'briefje' aan de leiding van Trouw overhandigen. Die wist onder te duiken. Via via kwam het in Amsterdam op het hoofdkantoor terecht.

In dat bewuste briefje stond dat Trouw moest stoppen. Dan zouden *de 23* niet berecht worden. *Het ultimatum.*

De meningen waren verdeeld. De leiding belegde een vergadering op 9 augustus in Amsterdam waar ook Lies de Wit bij aanwezig was. Een beslissing was niet een, twee, drie genomen.

De stem van Lies was van groot belang. Hoe moeilijk het voor de anderen ook was om een beslissing te nemen over het leven van hun maatjes – zij moest dat doen over haar verloofde.

Wist je dit niet?' Zijn stem klonk verbaasd.

Ik durfde het bijna niet toe te geven.

'Het is heel bizar. Vooral om erachter te komen dat anderen – vreemden – meer weten over het verleden van mijn moeder dan ik. Dat doet wel pijn, ja.'

Gelukkig kon hij mijn tranen niet zien.

'Je moeder vond dat Trouw moest doorgaan. Ze mochten niet zwichten voor chantage van de vijand.

Ik viel Marius in de rede. ‘Maar Gijs Burghout is op 9 augustus gefusilleerd?!’

‘Juist ja, er was dus helemaal niet gewacht op het antwoord van de Trouwleiding. Het vonnis was al uitgevoerd.’

‘Oké, maar ondertussen had mijn moeder wel een onmenselijke beslissing genomen. De wetenschap achteraf dat het vonnis al voltrokken was doet daar niets aan af,’ zei ik.

Marius beaamde dat.

‘Ook zijn er achteraf verwijten richting de leiding gegaan. Verwijten van nabestaanden over hoe er over levens is beslist.’

‘Dat kan ik mij ook heel goed voorstellen,’ zei ik.

‘En dan heb ik het nog niet eens over kinderen van Trouwmedewerkers die zelfmoord hebben gepleegd. Kinderen die onmachtig waren met het oorlogstrauma van hun ouders om te gaan. Je wilt niet weten wat een drama’s zich er in families hebben afgespeeld.’

Ik wilde hiervan af. Het kwam te dichtbij.

‘Hoe vaak heb je mijn moeder gesproken?’

‘Meerdere keren. Daar was trouwens ook je vader bij.

Ze kon nog driftig worden, ook publiekelijk, wanneer het over de doorstart van Trouw ging. Ze bleef vasthouden aan de afspraken die gemaakt waren bij de oprichting en tijdens de weekends.’

‘Later belde ze dat ze een persoonlijk gesprek met mij wilde. Dat was nadat je vader was gestorven. We hebben elkaar toen hier in Amsterdam ontmoet.

Ze had een achtmillimeterfilm bij zich. Je moeder wilde hem nog één keer zien.

Ze vertelde dat haar broer Hans het verlovingsfeest gefilmd had. Ik was danig geraakt, moet ik toegeven.

Je moeder voorzag de beelden van commentaar. Zonder blikken of blozen.

Ze vroeg of ik hem op dvd kon zetten. Een maand later had ze die in huis.'

'En nu heb ik die.'

'Dat was haar bedoeling, ja,' zei hij.

'Wat bedoel je daarmee?'

'Ze ging ervan uit dat jij zou gaan wroeten in haar verleden. Ik moest wachten totdat je contact met mij zou opnemen. Het heeft even geduurd, maar het is er toch van gekomen.'

Het zweet brak me aan alle kanten uit.

Er ligt hier ook een brief voor je.'

'Van mama?'

'Ja, van je moeder.'

'Weet jij wat erin staat?'

'Nee, je moeder heeft hem verzegeld aan mij overhandigd.'

'Denk je dat Els Versloep mij zou willen ontvangen?' schoot mij ineens te binnen. 'Ik zou haar zo graag willen spreken.'

Marius' antwoord verraste me. 'Ik denk het niet. Ze heeft duidelijk te kennen gegeven niet meer over de oorlog te willen praten.'

Toch nam ik de gok.

Met bevende hand schreef ik Els een brief.

Beste mevrouw Versloep,

Het is inmiddels drie jaar geleden dat ik uw verhaal aanhoorde op de crematie van mijn moeder, Lies de Wit.
Ik ben haar jongste dochter en ik was totaal verrast door wat u ons toen vertelde. Ik vond u geweldig zoals u daar moedig stond en sprak en ik weet dat mijn moeder zeer geëmotioneerd was over wat zich aan het einde van de oorlog heeft afgespeeld binnen Trouw.
Ik ben ervan overtuigd dat haar ervaringen haar gemaakt hebben tot wie ze later was en daarom wil ik meer over haar te weten komen. Het was soms zo moeilijk haar te begrijpen en vooral omdat ze zo gesloten was over die cruciale tijd in haar leven wil ik daar meer over weten. Vanavond heb ik een uur met Marius Kist gesproken. Dat emotioneerde mij zeer omdat ik zoveel van mijzelf herkende in wat hij over haar vertelde.
U heeft haar goed gekend en ik zou zo graag met u willen praten.
Maar ik kan mij heel goed voorstellen dat het moeilijk voor u is. Toch doe ik een poging.
Ik hoop dat u het goed maakt en dat u in staat bent mij te antwoorden.

Met hartelijke groet,
Puck Verbeek

Twee dagen na het telefoontje van Marius verwelkomde hij me in zijn muffe kamertje dat geen zonlicht, laat staan frisse lucht, toeliet.

'Wil je koffie? Ik waarschuw je, de koffiemachines zijn niet al te best.'

Hij kwam terug met een plastic bekertje. In het bruine vocht dreef een grote witte klont. Vim noemde Joep dat. Melkpoeder.

Ik roerde met een plastic stokje. De klont loste niet op. De koffie was koud.

'Je popelt zeker om die brief te lezen?'

'Nou, ik heb er geen slapeloze nachten van gehad hoor,' loog ik.

Hij stond op en excuseerde zich. Het voelde alsof ik in de wachtkamer van de tandarts zat. Mijn maag voelde wollig.

Twee minuten later drukte hij een bruine envelop in mijn bevende handen. Mijn naam stond erop in mama's handschrift.

'Ik vond je moeder een geweldige vrouw, Puck. Ze heeft mij enorm geholpen. Dat kan ik niet van iedereen zeggen. Ze wist veel en wilde dat met mij delen.

Gijs en je moeder waren zeer gematigd temidden van de gereformeerde meerderheid. Je moeder had een verschrikkelijke hekel aan heroïsering van het verzet.'

Ik knikte. 'Ja, maar daar dachten anderen anders over. Dat heb ik geweten.'

Spontaan gaf ik Marius een zoen. Hij bloosde.

In de auto zat ik in dubio. Zou ik op een parkeerplaats stoppen en de brief lezen?

De vrees dat ik van streek zou raken weerhield mij daarvan.

Els Versloep had een bericht achtergelaten op het antwoordapparaat. Ze wilde me graag spreken.

Ik belde haar meteen terug.

Haar stem klonk nog net zo breekbaar als in 2002.

'Lieve kind, als je denkt dat ik je kan helpen dan ben je van harte welkom. Ik heb je moeder natuurlijk heel goed gekend, maar niet alles met haar meegemaakt hoor. Zij zat in de Achterhoek, ik in Amsterdam.'

De brief van mama bracht ik niet ter sprake. Iets in mij zei dat de inhoud daarvan niemand iets aanging. Misschien zelfs Joep niet.

Westmaas, 20 november 1995
Lieve Puck,

Het is dit jaar vijftig jaar geleden dat de oorlog beëindigd werd. Een oorlog die ik altijd bewust ver van jou gehouden heb. Ik weet dat je daar niet blij mee was; je wilde altijd alles weten. Al ben je nu veertig, toch ben je nog steeds mijn jongste.
Met Joeps komst in de familie waren papa en ik dolblij. Dat onze vier kinderen gelukkig getrouwd zijn en gezonde, intelligente kinderen hebben is een zegen.
Ook Joep bracht, net als ieder ander, een verleden mee. Dat verleden, waar hij overigens niets aan kan doen, is ook de reden van mijn zwijgen geweest. Ik was bang dat jullie huwelijk onder druk zou komen te staan. Het is en blijft een gevoelig onderwerp, zo heb ik ook in mijn eigen familie ervaren. Die ellendige Tjeerd Dolman. Tante Greet wilde er nooit van horen, ik kon mijn verhaal niet eens bij mijn eigen zus kwijt. Hij heeft trouwens Gijs niet verraden.

Zijn arrestatie was domme pech.
Daar gaat ie dan. Ik hoop dat je niet te veel van slag raakt.

Er kleeft bloed aan de handen van de Amersfoortse Grijpsma.
Opa kende zijn reputatie inmiddels ook. Hij reed veel te vaak langs hun huis. Daarom kon ik ook niet thuiskomen, snap je. (Het ouderlijk huis van tante Claartje werd mijn veilige haven. Met haar vader heb ik meer be- en gesproken dan met opa.)
Toen Gijs op een avond met een tas vol distributiebonnen bij opa en oma binnenviel, stond Grijpsma's auto aan de overkant van de straat. Gijs had daar geen erg in, maar opa had hem al gesignaleerd tijdens een wandeling met de hond.

Die bonnen werden veiligheidshalve direct in de kachel gegooid.
Gijs is, op aanwijzing van opa, boven in een logeerbed gaan liggen. Oma heeft zijn gezicht nat gemaakt zodat het leek alsof hij koorts had.
Even later werd er aangebeld. Twee mannen in lange zwarte jassen stonden voor de deur. SD.
Toen opa open deed viel hem meteen op dat Grijpsma's auto verdwenen was. Ze vroegen direct naar Gijs. Opa moest ze binnenlaten.
Terwijl ze de trap opliepen vertelde hij die lui dat Gijs een medewerker van kantoor was. Hij had overwerk gedaan en was plotseling onwel geworden. Aangezien hij buiten Amersfoort woonde en zich te ziek voor die reis voelde, was hij naar opa gelopen.

Opa hield een zakdoek voor zijn mond. Hij waarschuwde die SD'ers voor eventuele besmetting. 'Hij heeft ook bloed gespuugd,' zei hij met luide stem toen hij de kamerdeur opende.
Gijs zette het op een hoesten. Hij verborg zijn hoofd in een emmer en produceerde wat rochels. Oma veegde zijn mond af en bedekte de emmer meteen met een theedoek.
De truc werkte. De heren schrokken en deden een stap terug. Ze gebaarden opa, terwijl ze zelf ook hun mond afdekten, dat hij de deur moest dicht doen.
Ooit heb ik een revolver in het vriesvak gelegd. Gelukkig wist opa daar niets van. Achteraf heb ik ontzettend op mijn donder gehad. Ik bracht ze ook wel in een moeilijk parket.
Die SD'ers wilden echter zo snel mogelijk het besmette huis uit, waardoor ze slordig waren in hun zoekwerk.
Grijpsma is nog in de oorlog door het verzet geliquideerd. Dit verhaal is nooit naar buiten gebracht.
Opa, oma en oom Hans wisten ervan. Omdat het ook Gijs betrof heb ik er na '45 nooit meer over gesproken; vanwege je vader.
Heel veel later vanwege Joep.

Inmiddels ben je waarschijnlijk het één en ander te weten gekomen over mijn leven in oorlogstijd. Ik wist dat je op zoek zou gaan. Het zou me verwonderen als jij met je doorzettingsvermogen en brutaliteit je zin niet zou krijgen.

Het maakt me verdrietig dat, na papa's dood, de familie uit elkaar is gegroeid. Ik mis jullie.

Je bent boos en verdrietig. Je hebt mij, door mijn werk, een slechte moeder gevonden.
Alles wat ik deed was in jullie belang. Dat jij vindt dat je daardoor het één en ander tekort bent gekomen kan ik niet terugdraaien. Het was voor mij ook niet altijd even makkelijk.
Ik heb het altijd betreurd dat jij je kwaliteiten niet hebt benut.
Wees gelukkig met Joep en Carel en tracht nog wat van je leven te maken. Je bent tenslotte een slimme tante.
Dag hoor.

Liefs en een dikke kus,
mama

Het verwonderde me dat ik het droog hield. De ontdekking van Gijs had er harder ingehakt.

Die avond liet ik Joep de brief lezen. Hij reageerde verbaasd: 'Dan heeft ze ons en ons huwelijk wel heel verkeerd ingeschat.'

Hij had gelijk maar toch irriteerde die opmerking mij.

Mama had gelijk. Hoe zou ik tegenover Joep en zijn familie hebben gestaan als ik dit allemaal in 1973 had geweten?

Hij had zich een keer laten ontvallen dat zijn vader, heel flink, illegaal een tentamen had gedaan.

Zijn grootvader was vrijgelaten omdat zijn bedrijf hem nodig had (en de Duitsers dus ook).

Joep kon het met mij maar beter niet over zijn familie in de oorlog hebben.

20

Twee vrouwen

We hadden om half elf afgesproken.

Ik belandde van de ene file in de andere. Tijdens het stilstaan probeerde ik me een voorstelling te maken van onze ontmoeting.

Mijn moeder had zich soms onaardig over Els uitgelaten. Daar moest ik mij niet door laten beïnvloeden.

Ik had tijdens mijn zoektocht hulp gehad van bekenden en onbekenden. Het leek op een schakelketting.

Via de Vriendenkring Nationaal Monument Kamp Vught was ik terecht gekomen bij de Vereniging Kinderen van Verzetsdeelnemers 1940-1945. De eerste bijeenkomst die ik bezocht werd een confrontatie met mijzelf.

Om kwart voor elf stond ik op de stoep. Het welkom was allerhartelijkst.

Ondanks haar grote gestalte kwam ze frêle over.

Ondersteund door haar stok ging Els me voor naar de warme huiskamer. Ik rook Egmond.

Ze ging tegenover mij zitten en nam me aandachtig op. 'Wat lijk *jij* op je moeder.'

Dat klonk nu fijn.

Ze hoestte veel. Haar stem was zwak.

Een sterke geest in een zwak lichaam.

Tijdens het eerste kopje koffie spraken we over koetjes en kalfjes. Ze informeerde naar Joep en Carel.

Nadat ik had uitgelegd hoe ik tot mijn zoektocht was gekomen en welke verbijsterende ontdekkingen ik had gedaan, reageerde Els verbaasd. 'Wat heb ik daar dan nog aan toe te voegen?'

'Nou ja, het is allemaal door u begonnen.'

'En nu eindigt het ook bij mij? Kun je het hierna dan laten rusten?

Ik haalde mijn schouders op.

'U bent de enige nog levende die bij die cruciale vergadering in Amsterdam aanwezig was.'

'En wat wil je dan allemaal weten, Puck.'

'Alles wat u zich herinnert.'

Het klonk nogal hebberig. Wat ik van Marius te weten was gekomen liet ik achterwege.

'Ik kwam bij Trouw door mijn verloofde, Guus Dolman. Lies en hij zaten samen al bij Vrij Nederland.'

Els staarde voor zich uit. 'Gijs en Lies. Het was een prachtig, verliefd stel.'

Het ontroerde me. Ik voelde me er ongemakkelijk bij.

'Lies was zo dapper. Een doorzetter. Vrolijk, intelligent en vooral iemand van wie je op aan kon. Ik zat in Amsterdam en zij leidde de verspreiding van Overijssel tot aan Arnhem. Ze nam zelf beslissingen, was kordaat en ongenaakbaar.'

Els glimlachte. 'Ze was ook wel eens stout hoor. Gijs en je moeder waren gematigd vergeleken bij de gereformeerde meerderheid. Dat gaf soms wrevel. Ze protesteerden nog wel eens tegen de christelijke teneur van Trouw.

Je moeder heeft een keer een standje gekregen omdat ze kopij had achtergehouden. Dat ging over de oprichting van een christelijke volkspartij. Ze vond dat misbruik maken van een verzetskrant.

Door wat ze heeft meegemaakt in de oorlog is ze verbitterd geraakt.'

Els nam een slok van haar koffie.

'Verbitterd omdat Trouw na de bevrijding doorging. Volgens je moeder was dat tegen de afspraak in. Verbitterd vanwege het heldendom dat sommige mensen zichzelf onterecht toe-eigenden. Daar heb ik mij ook aan geërgerd. Verbitterd omdat ze zoveel vrienden was verloren.'

Ze schudde haar hoofd. 'Ik weet niet of je dit weet. Het is zo triest. Toen je vader serieus in beeld kwam hebben de ouders van Gijs het contact met je moeder verbroken. Dat was een kwelling voor haar. Je vader is ook zo fantastisch voor haar geweest. Volgens mij hadden ze een heel goed huwelijk. Wij mochten Carel graag. Hij kwam altijd mee naar de Trouwreünies. Ja, hij was met zijn muziek een sfeermaker.

Kijk, mijn verloofde Guus is later in 1945 opgepakt en gefusilleerd. Na de oorlog heb ook ik een andere man gevonden. Maar tot op de dag van vandaag is het contact met de familie van mijn toenmalige verloofde heel intens. Daar ben ik ze heel dankbaar voor.'

Ze snoot haar neus.

'En *het ultimatum*?' Ik had een kleddernatte rug.

'Ik zei tegen Lies: Ik hoop toch zo dat Gijs er niet bij zit. Maar je moeder zei dat ze zeker wist dat hij één van *de 23* was.

Kort na die dramatische vergadering liep ik door Amsterdam. Aan een winkelruit hing een pagina uit een bovengrondse krant waarop de namen van drieëntwintig gefusilleerde Trouwjongens stonden. Het was te verschrikkelijk voor woorden.

Ze waren op 9 augustus, de dag dat wij die cruciale beslissing hadden genomen, doodgeschoten.'

Nu hoorde ik het verhaal uit de eerste hand.

Er was helemaal geen ultimatum. Het doodvonnis stond al lang vast.

'Wat is er met Tjeerd Dolman gebeurd?'

'Wouter Scherpenzeel, jouw moeders maatje, heeft vanuit de gevangenis in Haaren naar buiten gebracht dat Tjeerd de verrader was.

De mannen werden bij het verhoren behoorlijk hardhandig aangepakt. Je moeder wist dat Wouter haar naam zou laten vallen. Binnen Trouw gold die afspraak.

Zij is de avond van Wouters arrestatie direct naar een ander onderduikadres gegaan. Toch is er een aantal zo dom geweest om, ondanks de waarschuwing van de leiding, na die arrestatiegolf naar hun oude adres terug te keren. Daar werden ze opgewacht door de SD.'

'Waarom is Tjeerd Dolman niet geliquideerd?'

Els haalde haar schouders op. 'Mededogen? Vanwege zijn vrouw Leny en hun kindje. Hij werd persona non grata en mocht zich verder niet met Trouw bemoeien.'

Terwijl Els haar koude koffie opdronk, liet ik alles op mij inwerken. Mijn hoofd voelde als een spons.

'We gingen door. Maakten plannen. De krant moest door. We verstopten ons in het werk. Voor emotie was geen plaats, dan was je verloren. We wisten dat de oorlog niet lang meer zou duren dus we beten op onze kiezen. Ik herinner mij dat ik maar één keer in de oorlog heb gehuild.'

'Hadden jullie het er dan niet over?'

'We zagen elkaar tijdens de weekends van Trouw. Dan werden er plannen gemaakt. We waren wel alerter dan voordien.'

Het was geen antwoord op mijn vraag.

'We logeerden tijdens zo'n weekend bij een boer.

Ik weet niet meer precies de aanleiding: ineens hielden we een kussengevecht, maar dan met wc-rollen. We gilden het uit.

Het was een ontlading.

De boer kwam naar boven. We kregen een standje vanwege ons onverantwoordelijk gedrag. Blijkbaar waren we op grote afstand te horen.'

'Dus bang waren jullie niet?'

'Als je bang was ging je niet in het verzet of je maakte dat je eruit kwam.'

Dat had ik mama ook ooit horen zeggen. Op dezelfde harde toon.

Tante Aafke was uiteindelijk bang geworden. Daardoor werd ze zowel voor zichzelf als voor anderen een gevaar.

Regelmatig vroeg ik of het niet te vermoeiend was. Dan maakte ze een wegwuifgebaar.

'Waarom heeft mama na de oorlog geen hulp gezocht?'

Het antwoord frappeerde mij.

'Om die drie jaar nog eens van minuut tot minuut te beleven?'

Naargelang het gesprek vorderde werd ik vrijer.

De onenigheid tussen de twee vrouwen schilderde ik af als een verschil van mening. Els had altijd achter De Wit Jansen gestaan, aan wie ze haar maatschappelijke positie te danken had.

Zij was voor de doorstart van Trouw geweest.

'Lies lag na dat motorongeluk in het ziekenhuis met een schedelbasisfractuur. Daarom kon ze niet meebeslissen.

Dat heeft ze ons altijd kwalijk genomen. Wij vonden dat er een niet-linkse krant moest komen naast Het Parool, De Waarheid en Vrij Nederland.'

Els had een streep gezet onder het verleden. Ze had de contacten losgelaten.

'Jouw moeder bleef die contacten juist opzoeken. Daardoor kon ze er nooit los van komen.'

Ja, mama was iedereen uit die tijd onvoorwaardelijk trouw gebleven.

'Ik had je moeder op mijn vijfenzeventigste verjaardag uitgenodigd. Voor die gelegenheid was er een speciale editie van Trouw uitgegeven. Nadat je moeder was vertrokken, kwamen wij erachter dat zij haar krantje had laten liggen. Wij veronderstelden expres. Uit protest.'

Ik zweeg.

Mama was daarin niet helemaal consequent geweest. In 1968 had ze een uitvoerig interview gegeven voor het jubileumnummer.

Ons gesprek liep ten einde.

Voor de zoveelste keer vroeg ik of het niet te veel voor haar was geweest.

'Ach nee, ik kan er met jou heel goed over praten.'

Bij de voordeur gaf ze me een zoen. 'Puck, je lijkt zo op je moeder. Probeer een gelukkig mens te zijn.'

Ik haalde verlegen mijn schouders op. 'Mevrouw Versloep, ik ben u oneindig veel dank verschuldigd.'

'Zeg alsjeblieft Els. Je bent altijd welkom, kindje. Maar ik hoop dat je dit nu achter je kunt laten.'

Ze haalde de krant uit de brievenbus.

'Heb er vrede mee, Puck.'

We omhelsden elkaar nogmaals. Ik moest beloven contact te houden.

Voorzichtig manoeuvreerde ik de auto van de parkeerplaats de straat op. In mijn spiegel zag ik Els nog in de deuropening staan. Ze zwaaide uitbundig tot ik de hoek omging.

Trouw in haar hand.